Cotta's Bibliothek der Moderne

HUGO CLAUS
DER SCHWERTFISCH
ROMAN

Aus dem
Niederländischen von
Rosemarie Still
Cotta's Bibliothek
der Moderne

Wie wird es sein, wenn der Schwertfisch naht
im steigenden Wasser der barbarischen Träume?

Maurice Gilliams

Sibylle Verhegge, die vor acht Monaten noch Sibylle Ghyselen hieß, sitzt im Bikini in einem Liegestuhl auf der Terrasse und lackiert sich die Fußnägel perlmuttfarben. Vom süßen Sonnenöl angelockte Hummeln schwirren um sie herum. Ihre Mutter meint, daß sie ein neues Leben anfangen müßte, in einer großen Stadt, um die schlimme Zeit ihrer Ehe und das Leben auf dem Land zu vergessen. Sibylle weiß ungefähr, was das Haus wert ist, nur, wie teuer ist der Quadratmeter Grund hier, und wieviel Quadratmeter sind es gleich wieder?

»Wie groß ist unsere Domäne?« hatte sie Gerard einmal gefragt, der mit ihrem Söhnchen Maarten auf dem Schoß, sieben Monate alt, ein gurgelndes, verschrumpeltes und doch fettes Kerlchen, spielte. Gerard legte das Kind schweigend in die Wiege zurück, er hatte den vertrauten, bitteren Zug um seinen lippenlosen Mund, wieder dachte er, daß sie ihn auslachte, wieder dachte er, was er in letzter Zeit ein paarmal ausgesprochen hatte: »Der Krug geht so lange zum Brunnen . . .«

»Domäne?« hatte der gesagt, durch das Brüllen des Kindes hindurch. Vor vielen Jahren.

»Besitz, meine ich.«

»Dann sag auch Besitz«.

»Wie groß ist unser Besitz?« Und auch das bekam er in die falsche Kehle, denn sie hätte die Anzahl der Quadratmeter natürlich wissen müssen, weil sie dabei gewesen war, als der Landvermesser es festgestellt hatte, und Gerard, noch nicht so kahl, aber genauso schlank wie zu der Zeit, als er soundsoviele Jahre später das Haus verließ, mit weitausholenden Schritten neben dem von Wind und Wetter gegerbten kleinwüchsigen Bauern, der das Grundstück verkaufte, durch das Kornfeld stapfte. Gerard zählte laut, während er durch die Landschaft stolzierte, fremdartig, elegant, nicht in die Landschaft aufgenommen wie Maarten jetzt, der im Obstgarten Bretter herumschleppt.

Gerard wanderte später nie mehr durch die Landschaft, es sei denn mit Geschäftsfreunden, die in Maßanzügen und teuren Schuhen hinter ihm hergingen, während er sie auf schöne Aussichten aufmerksam machte und am längsten auf eine riesige Linde am Wegesrand zeigte, die er »meinen Baum« nannte.

Der Gemeinderat hatte beschlossen, daß die Linde gefällt werden sollte, weil sie zuviel Schatten auf das Feld des Gemeindevorstands warf, der zudem Mühe hatte, seinen Traktor dort zu wenden, aber Gerard hatte den Bürgermeister überreden können, den Riesen am Leben zu erhalten, sagte er. Er hatte dem Bürgermeister natürlich Geld zugesteckt, viel zu viel, aber das hatte er dafür übrig. Hauptsache, er konnte sagen: »Meine Linde, mein Besitz, meine Seifensiederei, meine Firma Olympia, meine Düngemittel, meine vogeltötenden Chemikalien, meine Frau Sibylle, die ich wegen eines albernen Mißverständnisses im Stich lassen werde, mein Sohn Maarten mit seinem langen, wuschligen Haar und den bernsteinfarbenen Augen«.

Achtzehntausend Quadratmeter? Ist Boden in einer Grünzone nun teurer oder billiger, weil man dort keine Villen bauen darf? In solchen Augenblikken vermißt sie Gerard, sein Gefühl für Präzision, Ordnung, schnelle Entscheidungen, seine Begeisterung. Die Geschäftsfreunde tranken Whisky auf der Terrasse und bewunderten den Obstgarten, wonach Gerard unvermeidlich rief: »Hier ist Christus noch nicht vorbeigekommen.«

Sibylle hatte die Wendung, die sie an mittelalterliche Sprüche erinnerte, pittoresk gefunden, bis sie entdeckte, daß sie auf den Titel eines italienischen Films anspielte.

Einer der Gründe, warum ihre Mutter findet, sie müsse hier weg, ist, daß Maarten sich nicht an die Dorfschule gewöhnen dürfe. »Er wird jeden Tag mehr ein grober Filz«, sagt ihre Mutter.

Sibylle kommt nicht dahinter, ob es Maarten in der Dorfschule gefällt. In den letzten Wochen zum Beispiel ist er äußerst nervös. Er will unbedingt pünktlich in der Schule sein.

Was ist das Haus wohl wert? Kann sie soundsoviel mehr verlangen, weil die Bodenfliesen im Wohnzimmer aus schwarzen Quadersteinen sind, weil das Panoramafenster einen weiten Blick über den Obstgarten und die Felder bietet, weil der Kamin überdimensional ist und nach dem Muster eines typisch brabantischen Gehöfts gebaut wurde? Gerard wollte den Kamin. Sie findet das unnütze, gähnende Loch in ihrem Wohnzimmer, rußgeschwärzt, leer, mit dem verstaubten Weidenkorb voller Holzscheite, beunruhigend, gefährlich. Weil es etwas ist, das nur hin und wieder halbherzig benutzt wurde? So wie sie?

»Meine Ehe war eine Fehlinvestition«, sagte sie kürzlich zu ihrer Mutter, die das nur zu gerne hörte. »Ich hätte einen Mann haben müssen, der relativieren kann. Der nicht alles, was ich sage, wörtlich nimmt, der, wenn ich etwas gut meine, aber mich falsch ausdrücke, nicht sofort beleidigt ist, der auch mal Spaß vertragen kann, so daß ich nicht ständig betteln muß: Verzeih mir, es tut mir leid, aber so war es nicht gemeint . . .«

Der Kamin. »Mein Kamin. Mein Billardzimmer, meine Platane auf dem Rasen vor dem Haus!« Was hatte ein Mann der gehobenen Klasse in seinem Leben gleich wieder zu vollbringen? Einen Sohn zeugen, einen Baum pflanzen und noch etwas, was war das dritte? Einen Weinkeller anlegen? Ich werde immer vergeßlicher. Jeder merkt es, doch keiner spricht mich darauf an. Was werden sie wohl untereinander über mich reden? »Sibylle Ghyselen wird fett, faul, träge, introvertiert, sie vergißt alles, das kommt davon, wenn man allein ist, allein sein will, allein sein muß.«

Eine Anzeige aufgeben. »Restaurierte Villa, nein, Landhaus mit rustikalem, ländlichem Charme, zwei Marmorbäder, Doppelfenster, Teppichboden, großer

Kamin. Eigener Brunnen. Brunnen mit eigenem Wasser.«

Man kann das Plätschern des Brunnens auf der Terrasse hören. Hält man eine Coca-Cola-Flasche darunter, ist sie im Nu voll. Eiskaltes Wasser, das im grünbemoosten alten Steinbrunnen zwischen den Bambussträuchern rauscht.

Laut Sibylles Mutter eine Goldquelle. Letzte Woche bemerkte ihre Mutter in der Küche, wie jammerschade es sei, daß dieser ewigströmende Wasserfall nicht genutzt werde, man könne ein neues »Spa« auf den Markt bringen, man müsse nur für ein Wunder sorgen.

»Was für ein Wunder?« sagte Maarten schnippisch.

»Wenn ein paar Kinder in der Schule einfach mal erzählen würden, daß ihnen an unserem Brunnen ein Heiliger erschienen ist.«

»Welcher Heilige, Oma?«

»Das ist egal. Warum nicht der heilige Maarten? Den gibt's doch?«

Sibylle fing den ungemein drohenden Blick auf, den Maarten auf seine Großmutter richtete, einen Blick voller Abscheu und Wut.

»Was ist los, Maarten?«

»Nichts, Mama.«

Ihre Mutter merkte natürlich nichts, babbelte weiter: »Maarten, fändest du es nicht lustig, wenn ein Wasser nach dir benannt würde? Das Heilige-Martin-Wasser, mit Bläschen.«

»Wie lustig!« schrie der Junge, wurde knallrot und rannte weg, wie immer in den Obstgarten, wo er mit seinem Plastikschwert herumfuchtelte und gegen die Weißbirken schlug.

Inserieren. Den Notar anrufen. Nichts wie weg. Vielleicht hat meine Mutter doch recht. Das flache Land ist für die Kühe.

Die Sonne scheint ihr jetzt direkt ins Gesicht, das Sonnenöl erreicht ihre Wimpern. Den Sonnenschirm verrücken. Das erscheint ihr genauso schwierig, unausführbar, wie das Badezimmer aufzuräumen, Unkraut zu jäten, Holz für den verfluchten Kamin zu hacken oder das Strohdach zu reparieren, was Richard gerade tut, rittlings auf dem Dachfirst der Scheune. Er arbeitet nicht, er hält sich am schmiedeeisernen Wetterhahn fest.

(»Ich möchte kein Reetdach, Gerard.«

»Aber Schatz, jeder, alle Scheunen in dieser Gegend haben ein Reetdach.«

»Ich möchte Stroh, richtiges Stroh, so wie es früher war.«

Er murmelte etwas über die viel höhere Versicherung.

Sie erwartete mehr Widerstand, hoffte darauf. Aber sie bekam ihr Stroh, einen halben Meter dick, gebündelt, plattgewalzt, ein Kornfeld auf dem Dach, das wie ein überirdisches, goldgelbes Feuer aussah, wenn die Sonne darauf schien.

Eine Woche später, als man es mit einem Brandschutzmittel besprühte, wurde es leblos, fahl. Sie fühlte sich im Stich gelassen, verraten.

»Aber Schatz, das muß sein, sonst ist es viel zu gefährlich.«

»Dann ist es eben gefährlich. Dann brennt's eben.«

Er blickt ungläubig, bitter.

»Tut mir leid«, sagte sie. »Ich meine, wenn alles verbrennt, dann haben wir uns doch noch.«

»Halte deine Mutter zum Narren«, schnaubte er.)

Richard kann vom Strohdach aus ihre Schultern sehen, denen ein Sonnenbrand droht, weil niemand den Sonnenschirm verrückt, ihre Brüste in dem zu kleinen BH, ihre Speckfalten auf den Hüften, den Scheitel, wo sie vier, fünf, zehn graue Haare entdeckt hat.

Wenn Irene da wäre, würde Sibylle sich nun ein Glas Orangensaft bringen lassen, aber das Mädchen ist zur Hochzeit ihrer Schwester in Waregem. Wird heute abend garantiert von einem hitzigen Hochzeitsgast genommen.

»O nein, Madame, ich paß gut auf, bis hierhin und nicht weiter.«

»Bis wohin, Irene?«

Irene zeigt mit zwei gestreckten pummligen Fingern eine Grenze über ihren Knien.

»Nicht weiter, Irene?«

»Aber Madame!« Hohes Kichern.

Sibylle träumt immer den gleichen Traum von dem Mädchen. Irene kommt in ein fremdes Zimmer mit Plüschvorhängen und schrägen Wänden, zieht sich achtlos aus, wie sie es zum Schlafengehen in ihrem eigenen einsamen schmalen Bett tut, sie trägt hauchdünne, pfirsichfarbene Unterwäsche, sie beugt sich vor, die Handflächen auf den Knien, als erwarte sie einen Schlag in den Nacken, und im Spiegelschrank, höher, dunkler und mit mehr Ornamenten verziert als der in Sibylles Schlafzimmer, erscheint eine Frau, die nur ein sehr kurzes T-Shirt und Schnürstiefel trägt, die Frau hat kein Gesicht, wohl aber Sibylles üppiges, kastanienbraunes Haar. Die Frau wird von einem maßlosen Gefühl innigen Mitleids ergriffen, schmiegt sich gegen Irenes mageren Rücken und schluchzt, bis ihr Mund Irenes linke Brustwarze findet.

Im Obstgarten raufen die Schafe miteinander, sie beißen sich ins Fell, stoßen die Köpfe gegeneinander, jedesmal ein trockener Ast, der abbricht. Dann und wann flattert ein Perlhuhn auf, weiß und grau gesprenkelt wie ein Fetzen aus einer Bäuerinnenschürze.

Die Ziege Bokkie steht auf den Hinterbeinen und schnappt nach den Zweigen eines Apfelbaums. Maarten spricht mit Bokkie, er lehnt sich auf das wacklige Kreuz aus zwei Brettern, das er schon den ganzen Nachmittag herumschleppt.

Gestern behauptete Richard, daß Bokkie so scheu sei, weil sie ihren nahenden Tod fühle, und daß Bokkie schon das Schlachtermesser vor Augen sehe.

»Aber Bokkie hat noch nie so ein Schlachtermesser gesehen.«

»Aber ihre Eltern, Maarten.«

Das begriff Maarten nicht. »Die Furcht vor dem Messer wurde ihr sozusagen in die Wiege gelegt«, sagte Richard, und Sibylle, die sah, wie Maarten grübelte, rief: »Richard, hör mit dem dummen Geschwätz auf.« »Ja, Madame«, sagte Richard sofort. Starrer türkisfarbener Blick. Verlockende, tiefe Säuferstimme.

Sibylle schwitzt nun stark, ihre Stirn brennt.

Sie wartet auf jemanden. Auf etwas. Ein Flattern. Eine Elster, die aus dem stahlblauen Himmel fallen wird. In Gedanken zieht sie ihren Smoking an mit einem weißen gefälteten Hemd von Gerard. Ihr Haar ist straff zurückgekämmt und glänzt vom Gel, sie mustert sich im Spiegel des Kleiderschranks, fordert Irene spielerisch zu einem Walzer auf, verdampfend verläßt ihre Seele den walzertanzenden, lächerlichen, nutzlosen Leib.

Direkt unter den Dachziegeln über dem Wohnzimmer sind Wespen dabei, einen Klumpen, ein Nest zu bauen, ein wimmelndes Knäuel. Gerards Eile. In den Fabriken, im Büro, hier im Wohnzimmer, in der Halle, dem Tag, an dem er sich verabschiedete und sich beherrschen mußte, nicht zu seinem Porsche zu rennen.

»Für immer?« fragte Sibylle damals.

»Ich denke schon.«

»Einfach so?« O, dieser besserwisserische, mäkelige Ton, den sie nicht aus ihrer Stimme bannen kann.

»Nicht einfach so, Sibylle.«

»Aber ich habe doch nichts verbrochen?«

»Du weißt ganz genau, was du getan hast. Aber ich möchte kein Wort mehr darüber verlieren.«

»Du hast doch noch gar kein Wort darüber verloren.«

»Und das werde ich auch nicht.«

»Kannst du mir nicht verzeihen?«

»Das würde auch nicht helfen.«

Sagte der das? War es nicht eher: »Dir ist doch nicht zu helfen?«

Sie hat damals, in dem Moment, als ihre Familie, ihr Kind, ihr Haus, alles auf dem Spiel stand, nicht aufmerksam genug zugehört. Gerard ödete sie an.

Maarten sagt noch etwas, ernsthaft nickend, zu der Ziege. Er lädt sich die Bretter auf den Rücken und trottet weiter, er ist als alter Mann oder als Zauberer verkleidet und führt Selbstgespräche.

Auf dem Rasen, wo über Nacht zehn Maulwurfshügel entstanden sind, rennt die Katze Pierke herum. Gleich wird sie einen Maulwurf auf die Terrasse schleppen, ihn vor ihre Füße fallen lassen, das blutige rosafarbene Schnäuzchen ihr zugewandt.

Der Kommissar saß wie angeschraubt auf seinem Schreibtischsessel, beugte sich jedoch vornüber, wie um den Mann ganz, bis zu den Knöcheln, sehen zu können. Lippens, der Polizist, gab dem Mann einen Schubs in den Rücken.

»Setz dich da hin«, sagte der Kommissar, dessen hohe Mädchenstimme erstaunlich leicht für seine plumpe und muskulöse Gestalt klang.

Lippens nahm ihm die Handschellen ab, der Mann merkte es kaum, mit gelben, lückenlosen Zähnen kaute er auf Luft, er steckte die Hand in die Hosentasche, wahrscheinlich um Zigaretten oder ein Päckchen Tabak zu suchen. Lippens zog die Hand sofort wieder heraus, eine breite, dickadrige Hand mit verschrammten Fingern, die der Mann dann in die Richtung des Kommissars streckte. Der Mann starrte auf seine Hand, als wollte er kontrollieren, ob sie nicht zitterte.

»Setz dich, habe ich gesagt.«

Der Kommissar machte das undurchdringliche Gesicht, das er vor vielen Jahren auf der Polizeischule aufzusetzen gelernt hatte. Seine Frau hatte sich nie daran gewöhnen können.

Er las eine Anzahl Fakten vor. Der Mann nickte, wie er es gelernt hatte, er akzeptierte alle Ermittlungen, alle Schlußfolgerungen. Er trug keine Socken. Auf seinem rechten Knöchel waren Blutspritzer zu sehen. Der Kommissar meinte, von den blutbeschmierten Schuhen her zischende Geräusche zu hören.

»Wir haben viel Zeit«, sagte der Kommissar. Die aussterbende Kleinstadt brachte wenig Verbrecher ein. Seit die Textilindustrie ausgeblutet war, wanderten die jungen Leute in die Großstadt ab. Auf seinem Terminkalender stand nur Clara, eine fast taube Prostituierte, die ihre Umgebung mit ihren zwölf Katzen belästigte und in einer der fünf Zellen der Wache auf eine Standpauke wartete.

»Zeit genug, um unser Leben zu bessern, Herr Kommissar«, sagte Lippens.

Der Mann bewegte ständig seinen Mund mit den aufgerissenen Lippen und dem Pferdegebiß, er schluckte fortwährend.

»Gut«, sagte der Kommissar. »Erzähl mal.«

»Was wollen Sie wissen?«

»Am besten, du fängst von vorne an.«

Der Mann verrückte unruhig seine Füße. Lippens lehnte sich nachlässig, die Hand am Halfter, an die Wand. Die Glocken der Sankt-Servatius-Kirche fingen an zu läuten. Der Kommissar erinnerte sich widerwillig, daß er am nächsten Sonntag zu einer Art Konzert in diese Kirche gehen mußte, daß der Gouverneur zum anstehenden Kulturwochenende erwartet wurde.

Die Aussicht, ohne seine Frau dort hingehen zu müssen, machte ihn verdrießlich. Selbstmitleid überkam ihn. Er sagte: »Gestern morgen bist du zu Frau Ghyselen gegangen.«

»Mir wäre lieber . . .«

»Dir hat hier nichts lieber zu sein«, sagte Lippens.

»Florent.« Der Kommissar zeigte auf den halbvollen Aschenbecher neben dem billardtischgrünen Untersetzer. Lippens leerte den Aschenbecher durch das Fenster.

»Herr Kommissar«, sagte der Mann, »kann ich hier kein Schlückchen kriegen? Ich zahle sofort.«

Lippens wieherte triumphierend. Der Kommissar sagte: »Hör zu, ich habe keine Lust, bis heute abend hier zu sitzen. Also, je früher wir alles aufgeschrieben haben...« Warum sollte er nicht bis heute abend hier sitzen? Als seine Frau noch laufen konnte, gingen sie Sonntag nachmittags zum Kartenspielen ins *Excelsior*, seine Frau gewann meistens, er war stolz darauf gewesen.

»Du hast bei Frau Ghyselen gearbeitet.«

»Umsonst«, sagte der Mann automatisch.

»Schwarz«, sagte der Kommissar. »Wir sind nicht blöd. Aber darüber brauchst du dir keine Sorgen zu machen, das ist nicht unsere Abteilung. Hast du dort im Haus gearbeitet? Und als was?«

»Auf dem Dach«, sagte der Mann.

»Den ganzen Tag?«

»Ja, sogar als ich dachte, daß ich bestimmt einen Sonnenstich kriege, ich habe mir eine Mütze gemacht aus einem Handtuch.«

»Wo ist das Handtuch?« fragte Lippens.

»Wieder in meiner Tasche. Julia steckt es mir immer in die Tasche mit der Thermosflasche und dem Vesperbrot. Sie hat immer Angst, daß ich etwas vergesse.«

»Sie hat Angst«, wiederholte der Kommissar schleppend und dachte: Wie lange sollen wir dieses endlose, einstudierte Spiel noch spielen, ich als wohlwollender Vater, Lippens als Hitzkopf.

»Auf dem Dach?« fragte er. »Bis wieviel Uhr?«

»Weiß ich nicht mehr, ich war so sternhagelvoll, daß ich aufpassen mußte, als ich die Leiter runterkletterte. Ich dachte noch, wenn ich falle, dann falle ich weich in den Strohhaufen.«

»Und dann bist du weggegangen?«

»Ich wollte mich erst noch von Madame Sibylle verabschieden, aber sie war wahrscheinlich im Bad. Ich habe den Kleinen noch getroffen, aber der hatte mal wieder seine Mucken. Ich habe ihm noch gesagt: »Junge, wenn du meiner wärst, würde ich dir den Hintern versohlen. Wie dieser Junge von ihr und ihrer Mutter erzogen wird, das ist nicht gesund.«

»Denn du weißt, was gesund ist«, sagte Lippens, nach wie vor in dieser albernen Rolle eines lästigen Polizisten.

»Genau wie Sie«, sagte der Mann. »Mindestens so wie Sie.«

»Paß auf«, sagte der Kommissar.

»Der Kleine ist ein lieber Kerl«, sagte der Mann, »aber er hat seine Mucken, man wird nicht schlau aus ihm. Er will immer seinen Willen haben, genau wie sie.«

»Wieso, genau wie sie? Wie Frau Ghyselen? Oder wie Julia?«

»Nein«, sagte der Mann. »Nicht wie Julia. Bitte.« Der lange, gequälte Mann bewegte sich so plötzlich, daß der Stuhl bedrohlich knarrte. Er erhob sich halb. Sein Gesicht, einen halben Meter von dem seines Vernehmers, bekam etwas Untertäniges und Listiges.

»Ein Bierchen, Herr Kommissar, ich gebe es aus.«

»Wir sind hier nicht in der Kneipe«, sagte Lippens.

»Woher weißt du, daß Frau Ghyselen im Bad war? Konntest du das von draußen sehen?«

»Nein.«

»Auf deiner Stirn ist ein Kreuzchen«, sagte Lippens. Er blies den scharfen Rauch seiner Zigarette ins Zimmer.

»Mach die Augen auf, wenn ich mit dir rede«, sagte der Kommissar. Es klang wie eine freundliche, unverbindliche Ermahnung unter Freunden beim Kartenspiel. Er sah den sturen Draufgänger Lippens denken: Unser Chef ist nicht mehr derselbe; er, der früher die Verhafteten hier in diesem Zimmer an den Haaren zog, ihnen Tritte versetzte und brüllte, daß er ihnen den Saft aus den Eiern quetschen würde, wenn sie nicht antworteten, was er hören wollte, ist jetzt milder, behindert seit der Krankheit seiner Frau, es geht sogar so weit, daß er verdammt noch mal den ihm gegenübersitzenden Gangster mit Samthandschuhen anfaßt, dieses Wrack, das laut der vor ihm liegenden Akte auf der Universität studiert hat, ein

Diplom, eine Praxis irgendwo im Waasland hatte und Geld wie Heu mit kranken Kühen, erkälteten Pudeln, zu kastrierenden Katern verdiente, und damals die Finger nicht von den Frauen lassen konnte, sie schröpfte und dann nach Holland geflüchtet ist, wo man unverständlicherweise so viel Verständnis hat für alles, was die Grundwerte in Frage stellt, und dann zu Recht verfolgt wurde wegen der schlimmsten Vernichtung, der des ungeborenen Lebens. So denkt Lippens, dachte der Kommissar.

»Warst du betrunken«, fragte der Kommissar.

»Wann?«

»Als du von der Arbeit weggegangen bist.«

»Viel früher.«

Die Glocken der Sankt-Servatius-Kirche waren verstummt.

»Werden Sie Madame Sibylle auch vernehmen?« fragte der Mann.

»Ich nicht. Mein Assistent.«

»Muß das sein? Sie hat schon genug Ärger.«

»Wenn sie nichts zu verbergen hat, wird's keinen Ärger geben.«

In Gedanken sah der Kommissar, wie Lippens ein Protokoll in den Computer auf seinem eigenen Schreibtisch tippte. »Zu Händen des Hauptkommissars. Vertraulich. Einsatz und Disziplin des Korps werden durch die Laxheit des Chefs gefährdet.«

Der Mann bewegte die Lippen wie ein Fisch, kniff die Augen zu.

»Gestern morgen habe ich noch ein Kreuz gemacht«, sagte er.

»Vor dem Essen?«

»Nein, für den Kleinen. Ein Kreuz aus den Brettern eines kaputten Kleiderschranks in der Scheune. Ich sagte ihm: »Ein Kreuz, verdammt noch mal, Maarten, du hast doch gerade ein silbernes Schwert von deiner Oma gekriegt.« »Bitte, Richard«, sagte er. »Und nicht der Mama sagen.« Ich sage: »In Ordnung, aber da wirst du wohl dein Sparschwein schlachten müssen.« Aus Spaß natürlich. Aber fünf Minuten später stand er da mit einem Hundert-Franc-Schein. Trinkgeld.«

»Trinkgeld, das kann man wohl sagen«, meinte Lippens.

»Ich war dort immer gern gesehen« sagte der Mann, als nähme er Abschied. Er rieb sich über den Nacken.

»Diesmal bist du zu weit gegangen. Freundchen«, sagte der Kommissar.

»Obwohl du alle Chancen der Welt hattest«, sagte Lippens. »Mehr als viele andere.«

Nacken und Schultern des Mannes wurden von einem nervösen Zucken heimgesucht. Er hörte auf, darüber zu reiben und flüsterte: »Ich brauche Zucker. Oder ein Helles. Zucker, sonst falle ich um.« Er riß wie auf einen unhörbaren Befehl seine katzenhaften, grünblauen Augen weit auf. In den Augenwinkeln klebten bernsteinfarbene Klümpchen, wie Harz, das in der Sonne aus einem Baum tropft.

Maarten würde am liebsten wie Clint Eastwood (den die Jungen in der Schule Cleinte Eestwot nennen) mit großen, entschlossenen Schritten die Hügel hinaufklettern, Hände an den Hüften, die Revolver streichelnd, aber das wäre Ketzerei mit einem Kreuz auf den Schultern, das war früher, als er noch nichts von Jesus gewußt und ihm Fräulein Dora das Buch noch nicht gegeben hatte, das er ängstlich in größter Heimlichkeit in seinem Zimmer liest und fast auswendig kennt.

Er stapft behutsam durch das trockene Gras, so wie er es Jesus im Fernsehen hat tun sehen, mit schleppenden Schritten, todmüde, aber doch so schnell wie möglich, denn er muß den Berg Goliath vor den anderen erreichen, vor allem vor Unserer Lieben Frau und ihrer Schwester Magdalena, die nicht am Fuße des Kreuzes anfangen können zu weinen, wenn der Hauptakteur noch nicht dranhängt. Unterdessen peitschen silberbehelmte römische Soldaten mit Zweigen seinen Rücken, der nackt sein müßte, mit scharlachroten Striemen, aber das will Mama nicht. Sogar bei dieser Hitze hat sie Angst, daß er sich erkältet. Mama ist gegen Gott. Das hat sie von Papa gelernt, der ein Heide ist und eine Freundin hat.

Das Kreuz ist schwer. Er könnte Richard bitten, von allen Enden ein Stück abzusägen, aber Richard war so stolz auf sein Werk gewesen, das würde ihm das Herz brechen. Ein Herz kann brechen. Jesus, wie schwer das Kreuz ist. Natürlich nicht so schwer wie das von Jesus, der ist immer hingefallen, den mußten sie die letzten Meter weiterschleppen. Sein Kreuz hatte ja auch sein Vater gemacht, jedenfalls der Mann von Jesus' Mutter, der Zimmermann war.

Mittlerweile wird er von unsichtbaren Pharisäern verspottet, als er den Zaun des Obstgartens erreicht. »Aha, da kommt der Heiland!« Unter den Pharisäern und den anderen Feiglingen befinden sich Achiel, der Postbote, Rik, der Bäcker, und mehrere Jungen aus seiner Klasse. Sie bohren in der Nase und schießen ihm die Rotzkügelchen ins Gesicht. Wie hieß das Wort gleich wieder? Sie *spotteten seiner.* »Hej, bist du der Heiland? Mußt du nicht erst noch ein bißchen wachsen? Und was ist das für ein Bart, Heiland?«

Maarten hat den Bart aus grauer Wolle gemacht, die er aus Mamas Schrank geklaut und sich mit extra starkem, für Leder, Stoff und Samt empfohlenen Klebstoff auf die Wangen geklebt hat. Der Bart juckt wie verrückt, aber was ist das schon verglichen mit jemand, dem man mitten durch die Handflächen und Füße Nägel geschlagen hat?

Durch das unablässige Gespött der Pharisäer mit ihren jüdischen Gewändern, Turbanen, Tabaksbärten hindurch hört Maarten seine Mutter rufen. Er muß in die Wanne, bevor Oma kommt. Vielleicht, man kann nie wissen, bringt Oma Pfefferkuchen mit kandierten Früchten mit. Jesus, dem Heiland, läuft das Wasser im Mund zusammen. Aber er darf sich nicht auf die leckere, süße Todsünde der Gier einlassen. Allein dafür, daß Oma ihn mit dieser schmelzenden, honigsüßen Verlockung in Versuchung führt, wird sie, wenn sie in den nächsten Tagen stirbt, ins Fegefeuer müssen, wo die Sünderinnen ohne Essen warten, bis der Heiland entscheidet, ob sie brennen sollen bis ans Ende aller Zeiten oder in die höchsten Wolken erhoben werden, wo Jesus lächelt und sagt: »Komm herein, wir, mein Vater und ich, haben dich schon erwartet.«

Das Kreuz droht von den klatschnassen Schultern zu rutschen. Vor allem, weil er so aufpassen muß, auf dem Weg zum Berg Goliath keinen Käfer, keine Raupe oder Ameise zu zertreten. Das war der Grund, warum Jesus im Fernsehen schön in der Mitte eines roten Sandstreifens ging und schwankte. Das einzige, was man zertreten darf, ja zertreten muß, wenn man ihr jemals begegnet, ist die Schlange, die im Apfelbaum des Paradieses wohnt.

Seine Mutter schreit, daß sie jetzt losgeht und ihre Mutter vom Bahnhof abholt.

»Okay!« brüllt Maarten zurück.

»Geh unter die Dusche!«

Nein, Mama, die Buße geht immer vor. Mama ruft wieder. Sein Gummiband um die Stirn, in das er Stechpalmenzweige aus Plastik gestopft hat, spannt immer mehr. Irgendwann kam Jesus ein einfacher Passant in staubiger Arbeitskleidung zu Hilfe. Aber hier sind keine Passanten, denn sie wohnen in einer

Gegend, in der Jesus noch nicht vorbeigekommen ist, hat Papa gesagt. Was würde Papa für Augen machen, wenn er in seinem Porsche hier vorbeifahren würde und den Sohn Gottes in der Gestalt seines eigenen Kindes in seinem Obstgarten herumlaufen sähe! Maarten untersucht die spärlichen Wolken. Auch sein anderer Vater, der im Himmel mit dem weißen Bart, ist nirgends zu entdecken, obwohl man doch von ihm erwarten sollte, daß er zwischen den Wolken erscheint, um seinen Sohn zu ermutigen – wie das ein Mannschaftsführer in seinem offenen Auto tut, wenn er dem Radrennfahrer, der in Führung liegt und sich in den französischen Bergen gewaltig abrakkert, die noch zurückzulegenden Kilometer zuruft – um dann diesen Sohn nach dessen Foltertod vom Kreuz runterzuholen und in den Himmel zu hieven, so daß jeder vor Schreck umfällt. Maarten kommt nur mühsam voran, die Beine versagen ihm. Kann er den Ketzer Richard vom Strohdach runtersteigen lassen, damit er ihm hilft? Nein, der Mann nippt gerade an seiner Feldflasche, die eine leckere, wenn auch hirntötende Flüssigkeit enthält. (Während man mir verflucht gleich einen Schwamm mit Essig ins Gesicht pressen wird.)

Wenn er jetzt aufgeben würde, seine Solotour nach Goliath augenblicklich, jetzt, hier beendete, wäre das dann eine Todsünde? Eine Todsünde kann man ungeschehen machen. Man kriecht in ein Kämmerchen aus Holz mit einer Wand voller Löcher, man erzählt seine Todsünde, der Herr Pfarrer hört zu und lädt sich die Todsünde auf seine Schultern, dann rechnet der Herr Pfarrer aus, für wieviel Kilo Sünden man büßen muß, dafür gibt es einen Tarif, für soundsoviel Kilo Sünden soundsoviel Kilo Gebete, und das war's dann, Schwamm drüber, und dann darf niemand mehr über Dinge lamentieren, die vorbei sind.

Doch Maarten darf nicht in die Dorfkirche hinein, um das Beichtkämmerchen aus nächster Nähe zu studieren, von dem die Jungen in der Schule und Fräulein Dora erzählt haben, weil sein Vater, sein vorläufiger irdischer Vater (der ihm einen Familiennamen gegeben hat, der Geld auf der Bank angelegt hat für später, wenn er achtzehn Jahre alt ist, und der dann verschwand) ein Freidenker gewesen ist, was auch Mama zum freien Denken gebracht hat, und das ist abscheulich und jammerschade, denn das heißt, daß solche Denker an nichts, aber rein gar nichts glauben, also braucht man sich nicht zu wundern, daß Jesus nicht lange darüber nachdenkt und sie nach ihrem Tod geradewegs in die Hölle schickt, wo sie Tag für Tag, Nacht für Nacht brennen werden, eine unablässige Verbrennung dritten Grades in der höllischen Sonne unter der Erdkruste.

Maarten leidet, schwitzt, sein ganzer Körper juckt jetzt, aber er leidet nicht genug. Die Juden treten ihm gegen die Knöchel, die Römer verpassen ihm Kopfnüsse und Kniestöße. Achiel, der Postbote in seinem Pharisäeranzug, wirft ihm Hände voll Sand in den Mund.

Und genauso unsichtbar wie die anderen Quälgeister, aber doch konkreter vorhanden, tritt Lehrer Goossens in seinem faltenlosen Staubmantel aus der Reihe und betrachtet ihn wie so oft auf dem Schulhof mit einer aufdringlichen Freundschaft, viel unangenehmer als Hohn, und sagt: »So, Maarten, alles okay?«

Maarten hört sich selbst antworten: »Ja, Herr Lehrer.« Und das ist eine der schwersten Ketzereien, denn es gibt nur einen Herrn im Himmel und auf Erden.

»Ich hab Durst«, ruft Maarten. Niemand hilft ihm. Sie, die gerade noch im Bikini auf der Terrasse lag, auch nicht, natürlich nicht, sie zieht ihre Mutter ihrem Sohn vor, der die Sünden aller Menschen reinwaschen will.

Schafe kommen näher und knabbern an seinem nassen Hemd.

»Fanta!« schreit Maarten. »Cola, Fanta!« schreit Maarten in den Himmel.

Lehrer Willy Goossens darf sich das Krickett-Endspiel auf BBC 2 nicht ansehen. Seine Frau Liliane erlaubt es ihm nicht, weil ihr Herzblatt heute seine Augen schon mehr als genug beim Korrigieren der Klassenarbeiten abgenutzt hat, und am Samstag gehört Willy nur ihr, stimmt's, mein Schnuckiputz? Liliane, eine erwachsene vierunddreißigjährige Frau, nervt Willy Goossens entsetzlich, wenn sie so backfischhaft tut, aber er hat sie aus Liebe geheiratet, und das schafft Verantwortlichkeiten. Es ist übrigens nur zu seinem Besten, so wie sie auch darauf achtet, daß er nicht zu viel Kohlehydrate mit Fetten mischt, so wie sie ihm auch die Schuppen vom Jackett bürstet.

Lehrer Goossens hört BRT 3, denn das ist oft sehr lehrreich. Irgendwann wird, auch wenn es noch in weiter Ferne liegt, auf BRT 3 das, was nun als Typoskript vor ihm auf dem Eichenschreibtisch liegt, sein Opus 1, eine Mappe mit sechsunddreißig DIN-A4-Blättern darin, gesendet werden. Auf der Mappe klebt ein violett umrandetes Etikett, auf dem sein Name in Schrägschrift steht, darunter der Titel CYBELE in Großbuchstaben, darunter ein Strich und darunter unterstrichen: Deklamatorium. Sechsunddreißig Seiten. Einen Winter lang hat er Abend für Abend gezweifelt. Während Liliane vor dem Fernseher saß, hat er gekritzelt, gestrichen, bis zu jenem erfreulichen Augenblick im Mai, als er seinen Füller hingelegt und vor sich hin geflüstert hat: »Ende. Besser kann ich es nicht.« Liliane las es und sagte: »Es ist tiefsinnig, mein Täubchen, sehr tiefsinnig, und ziemlich antik.« Er erklärte ihr, dabei ab und zu aus einem Taschenlexikon vorlesend, die tieferen Absichten, die Verweisungen, die Zitate, die Struktur. »Es ist einzigartig, Schatz, wie alles, was du geschrieben hast, aber für mich ist es zu tiefsinnig.«

Er überarbeitete es dann noch einmal völlig. Bei jedem Satz stellte er sich vor, wie er in ihrem armseligen dumpfen Gehirn ankommen würde, und einen Monat später war er mit der endgültigen Fassung fertig. Er las sie ihr nicht vor, das hatte er all die Abende davor schon in Gedanken getan. Mitunter fragte er sich, ob er wohl ein Fünkchen Talent habe, wo es doch so mühevoll entstand, so kurzsichtig, verkrampft und hoffnungslos, aber dann dachte er an Flaubert und Jeroen Brouwers, die mit drei oder vier Zeilen am Tag längst zufrieden waren. Und das waren Berufsschriftsteller, die arbeiteten daran einen ganzen Tag, während er sich noch um die Gemeindeschule, den Verein für Heimatforschung, die regionale Berichterstattung in *De Morgen,* die Aktivitäten im Zusammenhang mit dem Kulturwochenende und um seine Familie, Liliane und den Sohn Corry, seinen Augapfel, kümmern mußte.

Goossens wiegt das Typoskript in seiner Hand. Er weiß genau, daß der Kulturdezernent vom Gewicht angenehm überrascht war, als er *Cybele* überreicht bekam. »Aber Goossens, Sie sind pünktlich, das sind wir von Künstlern nicht gewohnt.«

»Ich habe vielleicht nicht soviel Talent, Herr Dezernent, aber ich halte mich an Absprachen.«

»Ich werde ganz bestimmt noch diese Woche versuchen es zu lesen, aber Sie wissen, diese Woche haben wir die Debatte über die Ausschreibung unserer städtischen Bibliothek.«

»Natürlich, Herr Dezernent.«

»Cybele, Cybele, im Moment komme ich nicht darauf, etwas aus der Antike, nicht wahr?«

»Die Göttin der Fruchtbarkeit.«

»Richtig. Genau.«

»Ich habe es ziemlich einfach gehalten, Herr Dezernent, für unsere Leute, nicht wahr? Wenn es über ihren Verstand geht, nicht wahr?«

»Ich gratuliere, Goossens, schön pünktlich.«

Der Dezernent hatte den Titel mit einem K ausgesprochen. Doch ihn zu verbessern, wäre delikat gewesen. Obwohl: verbessern. Kybele ist korrekt. Und nur Sonderlinge, Fanatiker, Besessene würden Cybele sagen, weil der S-Klang bestimmt emotionale Echos hat. Lehrer Goossens lächelt. Er hört Liliane in der Küche mit Töpfen klappern. Er wirft einen kurzen Blick in die Fernsehzeitung. Vielleicht schafft er es heute abend noch, die Aufzeichnung der Etappe Gap-Briançon zu sehen. Einfach gleich die Probe für *Cybele* ein bißchen beschleunigen. »Tempo, Tempo, meine Damen!« Oder die Probe abbrechen, mit einer schlaffen Hand über die Augenbrauen reiben, »Leute, ich kann nicht mehr, tut mir leid, ich bin überarbeitet.« Doch das kommt natürlich dem Magistrat im Rathaus zu Ohren. »Goossens pfeift aus dem letzten Loch.« »Goossens hat Aids.« Nein, einfach böse werden. Seine zügellose Sucht nach Perfektion bekommt die Oberhand, überwältigt ihn, er schmeißt sein Skript an die Wand, schlägt die Tür zu, er brüllt: »Amateure!« und rennt zu seinem Auto. Viertel nach elf ist er dann wieder zu Hause, Liliane hat sich schon aufs Ohr gelegt, und die Sportsendung fängt an, gedämpfte Lautstärke, er zurückgelehnt, *Pale Ale* in der Hand. Doch er darf nicht »Amateure« brüllen, denn sie erheben gar keinen Anspruch, etwas anderes als unbezahlte Freiwillige zu sein, die ihre Nachtruhe der Kunst opfern. Wie könnte er sie sonst anbrüllen?

»Einfaltspinsel, Dummköpfe?«

BRT 3 sendet Beethoven, ein Trio. Wie angenehm, beruhigend. Liliane kommt herein und fragt, ob er heute Abend Nüsse in den Salat möchte.

»Nüsse?«

»Das Rezept steht in *Marie-Claire*.«

»Was für Nüsse?«

»Walnüsse.«

»Es gibt doch jetzt keine Walnüsse.«

»Aus der Büchse, Dummerchen.«

»Mach, wie du es selber am leckersten findest, Liliane.«

Hin und wieder sagt Lehrer Goossens zu seinen Kollegen: »Ich bin dem Leben dankbar, daß ich Liliane habe.«

Liliane fragt, ob sie heute abend ein Omelett mit Spinat machen soll. Das ist leicht, Spinat enthält Eisen, und Eisen ist gut für das Gedächtnis, und dieses Gedächtnis braucht ihr Schnuckelmuckelchen, wenn er heute abend zur Probe muß. Sie macht das Radio aus. »Die Musik ist so deprimierend, findest du nicht? Oder wolltest du sie hören? Soll ich sie wieder anmachen?«

»Laß nur«, sagt Lehrer Goossens.

»Dann lasse ich dich wieder arbeiten.« Doch sie bleibt stehen.

»Küßchen«, sagt sie.

Lehrer Goossens küßt.

Als sie beschlossen, das Haus zu bauen, wollte er sein Arbeitszimmer neben der Veranda, Aber Liliane sagte: »O, nein, dann schließt du dich da stundenlang ein und ich kann dich nicht sehen. Nein, ich kann dich nicht so lange missen, mein Herzblatt. Schon als kleines Mädchen habe ich Türen, die man abschließen kann, schrecklich gefunden.«

Deshalb sitzt er jetzt an seinem kleinen Eichenschreibtisch in einem Anhängsel des Wohnzimmers, das vom Wohnzimmer und der Küche durch eine halbhohe Wand getrennt ist. Der Geruch von Suppe und Zwiebeln senkt sich, von der Decke zurückgeworfen, auf seine Haare und seine Papiere. Ihre plötzlichen Aufschreie, wenn eine Stricknadel runterfällt oder wenn sie sich stößt, ihre Rülpser und Fürze durchdringen seine delikaten, rästelhaften, kreativen Gedanken, deren Niederschlag *Cybele* berieselt hat.

Beethoven ist der Größte von allen, er besiegt den Schmerz.

Denn manchmal überkommt den Lehrer Goossens eine Niedergeschlagenheit, gegen die er sich nicht wehren kann, als ob er im verkehrten Körper steckt, in einer verkehrten Welt verkehrt, in einer feindlichen Zeit umherirren muß.

Erst kürzlich wieder überwältigte ihn ein solches Gefühl, als er seinen Sohn Corry im Gespräch mit Maarten Ghyselen beobachtete, der am Zaun des Schulhofes auf seine Mutter wartete. Der Kontrast zwischen den beiden gleichaltrigen Jungen schmerzte ihn. Corry ähnelt immer mehr Lilianes Bruder Johan, die gleiche Stumpfnase, die vorstehende Unterlippe, die unreine Haut. Maarten ist die Schönheit selbst.

Der brave Corry, der sich vor der Dunkelheit fürchtet, vor dem Gewitter, vor allen Hunden (während sein Vater am liebsten einen treuen, anhänglichen Schäferhund hätte, der an den Winterabenden mit seiner nassen Schnauze an ihm hochspringen und dann den leise hechelnden Kopf in seinen Schoß legen würde), hing an Maartens Lippen, und Maarten erzählte ihm irgend etwas, die Hände in den

Hosentaschen, selbstbewußt, selbstgenügsam wie seine Mutter. Lehrer Goossens ist zum Zaun gegangen, hat nonchalant gesagt: »Corry, Mama wartet auf dich«, und »Alles okay, Maarten?« und hat dann seine Hand in Maartens warmen Nacken gelegt, wobei das lange, klamme Haar über seine Finger fiel. »Klar doch, Herr Goossens«, sagte Maarten, während er zu den schreienden Jungen der letzten Klasse schaute, die Volleyball spielten.

»Herr Goossens«. Nicht »Herr Lehrer«, wie die anderen Knaben. Und dann war er ohne ein Wort oder eine Geste zu Fräulein Dora gerannt, die hinter den Volleyballspielern auftauchte. »Der Schmerz des Neides ist wie ein grimmiger Winterwind« lautet die vierte Zeile auf Seite vierzehn von *Cybele.* Was hat es übrigens mit diesem merkwürdigen Verhältnis zwischen Maarten und Fräulein Dora auf sich? Sie tuscheln immer miteinander. Er gönnt es Fräulein Dora nicht. Die Person ist mondsüchtig. Weil unverheiratet. Wurde aus politischen Gründen ernannt. Wenn es an Lehrer Goossens läge, hätte er sie längst aus seiner Schule geworfen, wieder in die Nonnenschule geschickt, wo sie hingehört. In solchen Augenblicken ungezähmten Schmerzes würde Lehrer Goossens Maarten am liebsten befehlen, sich das Haar schneiden zu lassen. Dazu wäre er aufgrund bestimmter Instruktionen des Ministeriums berechtigt. Aber es geht nicht. Niemals. Es käme dem Abhacken der Nase einer marmornen Kouros-Statue gleich. Maartens Mutter würde es übrigens nicht dulden. Recht hat sie.

Laut Liliane hat Maartens Mutter, seit ihr Mann aus dem Haus ist, keinen einzigen Liebhaber gehabt. Frauen merken das. Frauen sind Wunder. Liliane wie auch Sibylle, jede auf ihre Art.

Er hat Sibylle für das Kulturwochenende eingeladen. Nicht in seinem Namen natürlich, sondern im Namen des Kulturkomitees. Nichts ahnend, stolz, selbstsicher wird sie in der dritten Reihe auf Platz vierundzwanzig sitzen, und je mehr sich das Deklamatorium entfaltet, wird die Dame zunehmend Gänsehaut bekommen, die Schenkel zusammenpressen, hungrig auf die Kulissen starren, hinter denen sich ihrer Meinung nach der Urheber dieses gnadenlosen Porträts ihrer selbst versteckt, und dann wieder, wie ein von Autoscheinwerfern im Feld aufgeschrecktes Kaninchen, auf die Cybele im Rampenlicht blicken und beschließen: »Der Verfasser dieser schändlichen Offenbarung kennt mich, hat mich durchschaut, er vergöttert mich, wirft sich zu meinen Füßen, zwischen meine Schenkel.« Der Reigen der Eunuchen, bei dem die Mitglieder der Concordia immer noch, nach zahllosen Proben, schallend lachen müssen, wird ihr ein Lächeln entlocken. Der Reigen der Nymphen muß sie bis ins Mark treffen. Lehrer Goossens sagt unhörbar zu seinem Bücherschrank: »Oh du, die herrschet über wilde Tiere, und die zurückgezogen in den Wäldern lebt, wenn du mein Aug' erfreust, das Herz mir bebt, und den Verstand ich schier verliere!« Schamlos platte Reime, gewiß, und Bruno Geerts von *Het Laatste Nieuws* wird die Nase rümpfen, weil der Lackel nicht weiß, daß Goethe derartige Reime für seinen *Faust* nicht unter seiner Würde fand, sie aber, sie, die ihn dazu inspirierte, wird es merken, denn wer sonst in der Gegend wohnt in einem Obstgarten nahe der Zavelgemschen Wälder, welche andere Göttin hält Schafe und Perlhühner?

»Sie, die in aller Stille wird beminnt,
und über die Hügel streift mit ihrem einzgen Kind.«

Es steht schon auf Seite drei, wie kann es ihr entgehen?

Sie müßte seine Verehrung jetzt schon spüren, obwohl noch kein Schimmer davon sichtbar gewesen ist. Oder doch? Neulich stand sie beim Bäcker Rik mit zwei Broten unterm Arm. »Hallo, Schulmeister«, sagte sie und schob sich an ihm vorbei. »Meister.« (›Ich erkenne Sie als meinen anspruchsvollen, allmächtigen und doch ergebenen Meister an.‹)

An jenem Nachmittag hatte er in der Rechenstunde nacheinander die vorletzte Seite von *Cybele* geschrieben, mit Reimen und allem.

Und dennoch Schmerz. Antizipierender Schmerz. Denn *Cybele* wird ausgebuht werden. Das ist ganz klar. Man wird nie akzeptieren, daß der Rektor einer

Dorfschule zu einer eigenen Anschauung imstande ist. Man wird finden, es sei eine antiquierte Anschauung. Seine Kollegen, allen voran der Turnlehrer, sie, die am ersten Mai mit prahlerischen Parolen an der Demonstration teilnehmen, werden hämisch grinsen. Er wird der schmutzige, unbegreifliche Fleck des Kulturwochenendes sein, bei dem, nach der Parole des Ministers, die Eßkultur, die Modekultur, die Freizeitkultur ihre Blütezeit feiern wird. Liliane spürt das auch schon. Sie sagte: »Bärlein, am liebsten würde ich nicht in die Servatiuskirche mitgehen, denn ich werde vor Angst zittern. Ich weiß, daß alle großen Geister zeit ihres Lebens ausgebuht werden, aber du darfst nicht von mir verlangen, dabei zu sein.«

Oder sollte er vor der Vorstellung ein vervielfältigtes Blatt mit einer Erläuterung an die Anwesenden verteilen lassen? Denn schließlich soll der Zuschauer in Fünfviertelstunden etwas schlucken und verdauen, an dem *er* monatelang gearbeitet hat, Monate des Studiums und Grübelns mit Hilfe mythologischer Enzyklopädien und Aufsätze. Lehrer Goossens notiert zornig auf einen Umschlag des Ministeriums: »Der Wille als höchster Schmerz bringt Ekstase hervor, die aus sich selbst entsteht, eine Ekstase gleich jener der reinen Intuition.« Wenn sie es dann immer noch nicht kapieren!

Liliane kommt herein, schmiegt sich an ihn. »Willy, ich weiß nicht, was mit mir los ist. Ich bin so unruhig. Willy, muß das Vögelchen nicht mal wieder sein Mäuschen besuchen?«

»Gleich«, sagt Lehrer Goossens. »In zehn Minuten. Ich muß noch was notieren.«

Maarten versteckt sich vor Richard und vor dem BMW, aus dem Oma, mit einem vanillefarbenen, lächerlichen Strohhut auf dem Kopf, sich auf Mamas Schulter stützend, mühsam aussteigt. Jetzt sollte er zu ihr hinrennen, ihr um den Hals fallen, aber wird Richard ihn von seinem Dach aus nicht auslachen, ihn später damit aufziehen? In der vergangenen Stunde hockte Richard singend auf dem Dach, ein überdeutliches Zeichen, daß er schon gehörig die Todsünde der Trunksucht begangen hatte. Spitze wäre, wenn Richard mit der Geneverpulle vom Strohdach runterdonnerte, direkt vor die Autoreifen, und warum nicht gleich auf Oma drauf? Dafür braucht man ein Wunder. Aber für so ein Wunder darf man nicht beten.

An Omas Arm baumelt ein Körbchen. Wahrscheinlich ist da das Abendessen drin, das sie kurz vor Ladenschluß in Antwerpen, dem größten Hafen der Welt, billig kaufen kann. Süßigkeiten werden nicht drin sein, denn Oma hat als Kind nie ein Bonbon von ihren bescheuerten Eltern bekommen. Obwohl, man kann nie wissen. Vielleicht waren gestern kurz vor Ladenschluß noch Ingwerkuchen übrig. »Oma, Oma!« ruft Maarten und stürzt auf sie zu.

»Junge, wie schmutzig du bist«, sagt sie.

»Er spielt einen alten Mann«, sagt Mama.

Maarten kratzt sich die letzten Wollreste von den Wangen.

»Ich war unter der Dusche.«

»Brav«, sagt Mama.

Oma hat Mamas Mund und Wangenknochen. Ihr geplagter Kopf sitzt unter einer Puderschicht, weiße Asche in allen Falten. Mama wird auch so, daran führt kein Weg vorbei. Er nimmt ihr den Korb ab und wirbelt ihn herum. »Vorsichtig«, kreischt Oma, als ob er, so wie sie, alles fallenließe. Sie gönnt Richard keinen Blick. Wohl aber sagt sie im Wohnzimmer: »Sibylle, daß du diesen Trunkenbold noch auf dem Hof duldest.«

»Ach, er macht seine Arbeit sehr gut.«

»Aber er ist kein Fachmann. Einem Fachmann bezahlst du etwas mehr, dafür bleiben dir dann auch böse Überraschungen erspart.«

Ab und zu zittert Omas linkes Augenlid. Wie ein Schmetterling.

»Richard weiß alles über Tiere«, sagt Maarten. »Über Tiere aus dem Dschungel und aus der Wüste. Auf der Universität mußte er mal ein Känguruh aufschneiden.«

»Ein Känguruh«, sagt Oma und setzt sich, sich am Eßtisch festhaltend, in Papas Sessel.

»Richard lügt nie. Hat er je gelogen, Mama?«

»Maarten, schrei nicht so.«

»Aber er war Tierarzt, oder nicht?«

»Vielleicht«, sagt Mama, ängstlich und feige wie alle Frauen.

»Ich würde doch gern mal sein Diplom sehen«, sagt Oma, die Plastiktüten aus dem Korb holt.

»Ich werde ihn fragen. Aber vielleicht hat er sein Diplom verloren. Denn er hat alles verloren. Auch seinen Ausweis«, sagt Maarten. Er versucht, Richard nachzuahmen. Das mürrische Lachen, die heisere Stimme, den fröhlichen, herausfordernden Ton. »Und das paßt mir gut in den Kram, denn nun kann ich nicht stempeln gehen.«

Oma zieht aus einer Plastiktüte einen flachen Karton mit dem Bild eines Pfannkuchens drauf. »Maarten, er darf nicht stempeln gehen. Er darf auch nicht wählen.«

»Er hat seine Bürgerrechte verloren«, erklärt Mama. »Dann darf man auch nicht mehr wählen.«

»Und das ist auch gut so, er würde doch nur die Kommunisten wählen«, sagt Oma. Mit einem Messer schneidet Oma den milchigen Rand der Folie auf, sie nimmt vorsichtig dünne, trockene Waffeln heraus, blaß mit hellbraunen Pickeln.

»Hm. Matze. Das ist lange her.« Mama sagt es so mädchenhaft froh, daß Maarten aufhorcht, denn wenn Oma da ist, macht Mama meistens ein gelangweiltes, abgespanntes Gesicht. Sie redet dann auch nicht viel, was Oma nicht auffällt, beschäftigt wie sie ist mit ihrem eigenen, wirren Gefasel. Aber das darf man Oma nicht übel nehmen, tagelang ist sie allein in ihrem Zimmer am Hafen. Sie findet die meisten Leute un-in-ter-es-sant.

Die Fladen sehen aus, als wären sie nicht lange genug im Ofen gewesen. Mama streicht Butter darauf und bestreut sie mit braunem Zucker. Maarten sabbert, probiert, mampft, kaut. Die Todsünde der Gier. Herrlich. Ist Todsünde immer, überall Todsünde? Wut, zum Beispiel. Eine ernsthafte Sünde, die er ganz genau kennt, denn vor einigen Stunden war er noch irre wütend. Als Mama zum sechsten Mal rief, daß er unter die Dusche müsse, und er sein Martyrium zum Berg Goliath abbrechen mußte, hat er das Kreuz fluchend ins Gras geknallt. Wut aber ist Jesus auch nicht fremd. Denn in dem Buch, das er von Fräulein Dora bekommen hat und das sonst niemand sehen darf: *Jesus, der Mensch,* steht gedruckt, daß Jesus wütend wurde auf die Händler, die im Hause seines Vaters herumtollten.

Oma schlägt ihm mit einer Serviette auf die Hand. »Genug für heute, das ist schon die vierte.«

»Ach Mutter, laß ihn doch.«

»Soviel Butter und Zucker, Sibylle! Er muß lernen, sich zu beherrschen. Er kann nicht immer alles kriegen, was er will.« Ihr linkes Augenlid zittert, wird irgendwann einmal wie ein Schmetterling davonfliegen. Dann muß dieses Auge nachts ununterbrochen ins Dunkel starren.

»Wie oft«, beginnt Oma, und gewöhnlich folgt dann ein Klagelied über früher, »hat Pappi nicht auch dir gesagt, daß du kein bißchen Disziplin hast, Sibylle, und daß du später dafür wirst büßen müssen.«

»Pappi war senil«, sagt Mama. In einer Ecke ihrer

ungeschminkten Lippen – denn warum sollte sie sich für ihre Mutter schminken – klebt ein Körnchen braunen Zuckers, das er gern ablecken würde.

»Etwas mehr Respekt«, sagt Oma, sammelt die Krümel in ihre Hand und läßt sie in den Aschenbecher fallen. Der Aschenbecher steht da noch aus Papas Zeiten. Achiel, der Postbote, läßt darin manchmal einen nassen, verdrehten Zigarettenstummel zurück, wenn er warten muß, bis Mama eine Postanweisung mit Geld unterschrieben hat, die von Papa kommt, der Mama den monatlichen Betrag nicht aufs Konto überweisen will, weil das ein *Präsidentfall* wäre. Während sich Oma ans Abräumen macht, steckt Mama, dieser Erzengel auf Erden, Maarten die Hälfte ihres Kuchens zu. Lecker, pappig, süß den knusprigen Kuchen zermahlen, mit Kakao vermischen. Aufpassen, wo Mama die Matzen hinlegen wird. Aber Mama läßt die Schachtel stehen, denn auf der Terrasse, von der Sonne durch das Bleiglasfenster mit unzähligen phosphoreszierenden Farben besprenkelt, steht Richard. Er hält sich am Türpfosten fest und schwafelt, daß er keinen Eisendraht mehr hat, daß Mama welchen mitbringen soll aus der Stadt.

Dann sieht Richard Oma.

»Da schau her! Das ist aber lang her, was, Madame?«

»Nicht lang genug«, sagt Oma unglaublich unhöflich.

»Tja, die Zeit bleibt nicht stehen, was, Madame?« Richard übertreibt, er imitiert einen Trunkenbold in der Kneipe. Er lehnt sich an die Backsteinmauer. Oma wirft Mama beschuldigende, blinzelnde Blicke zu.

»Es ist nur, weil ich keinen Eisendraht mehr habe, aber das macht nichts, Arbeit gibt es genug, das Glas, das Gras. Hey, Maarten, wo ist denn dein Kreuz?«

»Im Garten, bei den Tomaten.«

»Richard, geh wieder an deine Arbeit«, schnaubt Oma.

»Weil ... weil ... äh ...« Maarten kennt die Geistesabwesenheit, das Erstarren, das ist die Strafe des Trinkers. Er hilft. »... Weil du keinen Eisendraht mehr hast.«

»Genau, Maarten, genau.« Richard fällt der Länge nach, ohne die Arme von sich zu strecken, auf den schwarzen Quadersteinboden, stützt sich auf einen Ellenbogen und winkt Maarten. Dann kriecht er auf allen vieren zur Terrasse zurück. Sie hören ihn ein Liedchen singen, das er bei den Soldaten gelernt hat.

»Und du mußt darüber lachen?« Oma meint nicht Maarten, sondern Mama, die zärtlich lächelnd in den Garten blickt.

»Soll ich weinen?«

»Findest du, daß das ein Benehmen ist, das ...«

»Benehmen, Benehmen. Dieser Mann steht jeden Tag gut gelaunt auf, macht seine Arbeit und fällt abends betrunken ins Bett, was willst du mehr?«

»Ein schönes Vorbild für Maarten!«

»Ich werde nie einen Tropfen trinken. Keinen einzigen in meinem ganzen Leben.«

»Brav, Maarten«, sagt Mama, meint es aber nicht ernst.

»Er wird wieder im Gefängnis landen, hört auf meine Worte. Und dann werdet ihr sagen: Oma hat's prophezeit.«

»War Richard schon mal im Gefängnis, Mama?«

Sie zuckt die Achseln, stapelt Teller aufeinander. Sie läßt ihr Kind im Stich. Sie ist die Tochter der alten Frau.

»Mama, ich hab dich was gefragt ...«

»Maarten, du sollst nicht so schreien.«

»Warum war er im Gefängnis? Hat er jemand tot gemacht?«

»Ein andermal, Maarten.«

»Nein! Jetzt!« Sie will nicht antworten, weil die alte Frau dabei ist, sie will nicht zeigen, daß er immer seinen Willen durchsetzt.

»Okay«, sagt Maarten. »Erzähl's mir eben ein anderes Mal. Aber darf ich dann noch eine Matz haben?«

Sie bestreicht noch eine mit Butter, weicht dem zurechtweisenden Blick der alten Frau aus, streut braunen Zucker darauf, wischt sich die Finger ab.

Maarten nimmt die Waffel zu gierig, die mittendurch bricht, aber er kann die zwei Hälften retten. Spucke gluckst unter seiner Zunge. Er beißt hinein.

»Nicht *Matz*«, sagt Oma. »Sondern Matze. Das bedeutet: ungesäuertes Brot.«

»Osterbrot«, sagt Mama.

»Das Brot der Juden. Die essen kein Brot wie wir, sondern dieses.«

Ein saurer Krampf schießt in seinen mit Kakao gefüllten Magen, die beiden Sünden, Wut und Gier, brennen in seinem Bauch, es pocht und hämmert in seinen Schläfen, und es ist nicht aufzuhalten, seine Lippen werden von eisernen Klauen aufgerissen, eine gelbbraune Welle ergießt sich über das Tischtuch, die Teller, Omas Kleid. »Das sind die Juden«, sagt er, und das süße Brennen erreicht seine Nasenhöhlen, seinen Gaumen, seine Augen. Die beiden Frauen, die ihn mit diesem jüdischen Brot vergiften wollten, sind aufgesprungen, Mama will ihn halten, er schlägt den glatten, vom Sonnenöl glänzenden Arm weg, er richtet ein Messer auf Omas linkes Auge. »Ihr steckt mit den Juden unter einer Decke! Hinter meinem Rücken!«

»Welche Juden?«

Wiederum tut Mama so, als ob sie nicht wüßte, was gemeint ist. Oh, wie gut sie das kann! Die klapprige alte Frau mit dem verzerrten Gesicht stößt einen erstickten Schrei aus. Ihre Tochter erhebt eine drohende Hand mit perlmuttfarben lackierten Fingernägeln.

»Sibylle«, sagt Oma. »Was um Himmelswillen hast du diesem Jungen erzählt?«

»Welche Juden, Maarten?«

Er stolpert über seine Worte. »Die dreckigen, stinkigen, mit den Bärten, die sich nie waschen . . .«

Mama zerrt an seinem T-Shirt, sie preßt sein Kinn zusammen.

»Wer sagt sowas?«

»Das weiß doch jeder.«

»Wer ist jeder?« Sie tut ihm weh, ihre Nägel graben sich in seine Wange.

»Vor vierzehn Tagen war's noch im Fernsehen.«

»Was war im Fernsehen?«

»Der Film über Jesus. Guck im Programmheft nach.«

»Dieser blöde Film.« Sie läßt ihn los.

»Haben die Juden Jesus ermordet oder nicht?«

Eine kerzengerade, vertikale Falte taucht zwischen ihren Augenbrauen auf. Ihre Denkfalte, freidenkende Falte, die sich erinnert.

(Er: »Darf ich den Film sehen, Mama? Bitte.« Sie vom Bett aus: »Aber nur bis um zehn.« Und er natürlich munter bis halb elf, die Sünde des Ungehorsams gegen den herannahenden, atemberaubenden Höhepunkt abwägend, als der Heiland auf diesem blutigen Berg wimmerte und seinen Vater fragte, warum er weggelaufen sei und dann zwischen den beiden Schurken hing, dem guten und dem bösen, der Sylvester Stallone ähnelte, nur dünner war.)

Mama wird durch die Anspannung des Erinnerns häßlich. »Darum also bist du die ganze Zeit so unausstehlich und machst diesen Zirkus mit einem Kreuz.« Sie wendet sich ihrer Mutter zu, der sie Rechenschaft schuldig ist, eine Mutter hat man sein ganzes Leben lang. »Ich dachte, daß es vorbeigeht, von allein vorbeigehen wird.«

»Und jetzt siehst du es, Sibylle«, sagt Oma, die nie etwas sieht. Maarten muß seiner Mutter helfen, das Erbrochene aufzuwischen. Oma sammelt in der Küche und in der Speisekammer Flaschen ein, die sie von Mama mitnehmen darf und für die sie Pfand bekommt.

»Daß die Juden sich nicht waschen, das wird aber nicht im Fernsehen gezeigt«, sagt Mama. »Von wem hast du das? Maarten, antworte mir.«

»Ein störrischer Esel«, ruft Oma. »Genau wie sein Vater.«

»Mutter, laß Gerard aus dem Spiel.«

»Weil du die Wahrheit nicht hören willst.«

»Maarten, antworte mir, oder ich . . .«

»Oder ich? Oder ich was?«

»Oder ich hau dir eine runter.«

»Mach's doch. Los. Bitte.«

Wurde Jesus von seiner Mutter gehauen? Das steht nicht in *Jesus, der Mensch.* Neun zu zehn nicht. Im Gegenteil, sie drückte ihn ans Herz. Und zum Schluß stand sie links am Fuße des Kreuzes, ihr tränennasses Gesicht auf der Höhe seiner kaputten Knie.

»Oder erzählt dir Irene solchen Unsinn?«

Maarten prustet vor Lachen. Irene, die nicht bis

zehn zählen kann, die mit einem Garnelenfischer verheiratet war!

»Juden sind auch Menschen«, sagt Oma außer Atem und stellt die Flaschen an die Haustür.

»Oder denken sich deine Schulkameraden so etwas aus?«

»Ausdenken! Die Kerle haben Jesus das Herz durchstochen, ihm Essig zu trinken gegeben, ihm mit Nägeln Löcher in seine Hände und Füße geschlagen!« Seine Stimme überschlägt sich. »Aber sie haben ihn nicht kaputtmachen können, die Schurken, denn nach drei Tagen ist er auferstanden!«

»Dann kann er offenbar einen kleinen Stoß vertragen«, sagt Oma.

Maarten will auf der Stelle eine der Flaschen auf ihrem Kopf zertrümmern.

»Maarten, sei nicht hysterisch. Maarten, hör zu. Hörst du?«

»Ja.«

»Ja, zu wem?«

»Ja, Mama.«

»Jesus war doch auch ein Jude.«

»Was? Nie im Leben!«

»Soviel ich weiß von einer jüdischen Mutter geboren.«

»Logisch«, sagt die alte Frau an der Haustür.

»Hahaha«, macht Maarten. Es klingt schwach.

»Maarten, was war Jesus dann deiner Meinung nach?«

»Kein Jude.«

»Aber was dann?«

»Ein Katholik.« Jetzt, wo er es laut sagt, klingt es unwahr.

(»Wahrlich, wahrlich, ich sage euch«, sagte der Heiland. Aber was sagte er danach? Er sagte nicht, daß er ein Katholik sei.)

Maarten schreit: »Ihr sollt mir nicht mit Judenessen antanzen. Wenn man einen Juden sieht, muß man sich bekreuzigen und auf die andere Straßenseite gehen.«

»Maarten, nicht so hysterisch.«

»Mußt gerade *du* sagen.«

»Maarten, wenn du mir nicht sofort sagst, wer dir diesen Blödsinn erzählt hat, sperr ich dich in den Kaninchenstall. Bis heute abend. Oder die ganze Nacht.«

Maarten kann die Wahrheit nicht sagen. Er hat es auf das Haupt derer, die ihm nun so grimmig kommt, geschworen, daß er nie verraten wird, wer ihn zu dem einzig wahren Glauben bekehrt hat. Denn wenn er die Wahrheit sagte, würde eine heilige Frau, die im Sterben liegt, in den letzten Tagen ihres Lebens noch gepeinigt werden, denn dann würde man sie rausschmeißen und ihre Möbel auf die Straße stellen, weil sie ihre Stelle verlieren würde, und das wäre die Schuld von Leuten wie Papa, Oma und Mama und Herrn Goossens, die Freidenker sind und den Heiland grausam verspotten und kein Haar besser sind als die Pharisäer und Händler.

»Ich gebe dir noch zehn Sekunden«, sagt Mama. Maarten schaut auf seine Armbanduhr und sagt genau neun Sekunden später: »Lehrer Goossens.«

(Nicht: Herr Goossens. Es gibt nur einen Herrn, auch Rabbi genannt.)

»Herr Goossens? Das kann ich mir nicht vorstellen. Wann?«

»Im Unterricht über fremde Völker, ihre Sitten und Gebräuche.«

»Du hast eine Sechs in Erdkunde. Du wirst es nicht richtig verstanden haben«, sagt Oma, die sich keinen einzigen Namen merken kann, nur Zahlen.

»Geh in dein Zimmer, Maarten«, sagt Mama spitz. Im Badezimmer trinkt er schnell drei Gläser Wasser hintereinander, er ißt Zahnpasta, gurgelt mit einem Rest von Papas After-shave, aber den Geschmack der Juden wird er nicht los.

Fräulein Dora radelt den Hügel des Kapellewaldes hinauf wie nie zuvor. Flügel hat sie. Der Wind, obwohl lau und schwach, schubst sie in den Rücken. Sie atmet mit energischen kleinen Stößen ein und aus. Sie will nicht, sie wird nicht vor Weihnachten sterben, es wäre zu ungerecht, denn sie muß den Damenchor Excelsior, bevor er am Nikolausabend auftritt, noch tüchtig trainieren.

Der Musikunterricht am Gymnasium Unsere liebe Frau in der Stadt und an der Dorfschule in Zavelgem sind Aufgaben, die sie mit Liebe erfüllt, der Excelsiorchor jedoch ist ihr Lebenswerk. Außer dem Seelenheil von Maarten Ghyselen natürlich, aber das ist eine andere Sache, das ist eine seltene Manifestation der Gnade.

Nun hat sie der Pfarrer von Zavelgem gebeten, mit ihrem Chor beim Kulturwochenende aufzutreten, als Gegengewicht zum Einfluß der Liberalen, die in der St.-Servatius-Kirche, obwohl sie an die Stadtverwaltung vermietet wurde und jetzt weltlichen Zwecken dient, nichts verloren haben.

»An einigen Altstimmen muß noch gefeilt werden«, hat sie geantwortet. »Feilen sie nur«, brummte er. Fräulein Dora ist fest entschlossen, bis Weihnachten am Leben zu bleiben, bis sie die Krippe mit den in braunes Packpapier eingewickelten Figuren herausholen und in ihrem Wohnzimmer aufstellen kann.

Oben auf dem Hügel gerät sie außer Atem und steigt vom Fahrrad. Das Panorama mit den Bauernhöfen, den Fabriken, den Wäldern wird sie vielleicht noch schneebedeckt sehen können. Auf einer nahe gelegenen Wiese lassen Kinder Drachen steigen, sie schicken Schmetterlinge aus Papier zu den schaukelnden, tanzenden Drachen hinauf, Botschaften in den Himmel.

Obwohl es sich für eine Lehrerin nicht schickt, setzt sich Fräulein Dora an den Wegrand. Am liebsten würde sie jetzt im trockenen Gras ein Schläfchen halten. Sie nickt ein, sperrt die Augen dann aber weit auf. Sie muß jeden Augenblick, in dem sie die Beute des Knäuels gefräßiger Würmer in ihrem Leib ist, für den Heiland einsetzen.

Jetzt. Sie denkt an ihren Maarten. Wie süß alles angefangen hat.

Sie war den Korridor, der die Klassenzimmer verbindet, entlanggegangen und hörte die vom Zigarrenrauchen angegriffene Stimme des Pfarrers, der – sehr aktuell in dieser Zeit, in der sich Araber und Juden nach dem Leben trachten – über Absalom sprach. Es klang fade. Nicht daß sie es jemals wagen würde (zumindest nicht in der Öffentlichkeit), Kritik am Stil und der Vortragsweise seines Religionsunterrichts zu üben, schließlich ist Talent ebenso wie eine vollwertige Singstimme auf Erden nicht gerecht verteilt, aber dieses uninspirierte, pflichtgemäße Herunterleiern fand sie unwürdig.

In diesem Augenblick, an jenem grauen Tag, in dem dunklen, nur durch ein Fenster erleuchteten Schulkorridor, in dem die Aureole der Sonne von wasserreichen Wolkenschwaden absorbiert wurde, war sie auf dem Weg zur dritten Klasse, wo sie *Finestra che lucevi* einstudieren wollte, als sie die Stimme hörte. Es war natürlich keine Stimme, sie kam nicht aus einem Kehlkopf, nicht durch ein Ein- und Ausatmen, es war vielmehr ihr eigenes, unstillbares Verlangen nach einer Stimme, das sich in Schwingungen umsetzte, die mehr in ihr selbst entstanden als in der sie umgebenden lauen Luft, und doch sagte die Stimme: »Jetzt!«, in eine Stille hinein, die im selben Augenblick entstand und die sie wie einen Schlag ins Gesicht empfand. »Jetzt«, im Bruchteil einer Sekunde, der Dauer des unfaßbaren Klangs. Jetzt sah sie Maarten Ghyselen, der, die Wange an die Tür des Klassenzimmers B5 gelegt, in einer merkwürdigen, in sich gekehrten Haltung dastand. Er hatte das lange Haar zur Seite geworfen, um das Ohr dichter an die Tür drücken zu können. Später meinte sie, daß er sogar auf den Spitzen seiner Nike-Turnschuhe gestanden hatte.

»Was machst du denn hier, Maarten?«

Er erschrak nicht. Er löste sich von der Tür mit dem eigensinnigen nervösen Zucken, das sie noch von damals kannte, als er einmal eine schlechte Note in Musik bekommen hatte.

»Warten«, sagte er und rannte davon, vorbei an dem Fenster, durch das man den leeren Schulhof und die Stelltafel mit der Aufschrift »Flandern lebt!« sehen konnte.

»Worauf wartest du?«

»Daß der Herr Pfarrer fertig ist.«

Sie hatte ihn erst vor dem Klassenzimmer von Lehrer Goossens eingeholt, wo sie ihn dann am Ärmel zog. Lehrer Goossens leierte das kleine Einmaleins herunter. Später dachte sie auch, daß sie damals den Jungen von dem heidnischen Pfad zwischen zwei mächtigen, aneinander zerrenden Schallquellen losgerissen hat, dem Baß des Priesters, der über Absalom lamentierte, und dem nervösen Heldentenor (nicht höher als B) eines Menschen, der seinen Glauben in sogenannten exakten Begriffen fand.

»Was hast du da im Gang gemacht, Maarten?«

»Gelauscht«, sagte der Junge mürrisch.

Der Junge dürfte sich gar nicht allein im Korridor aufhalten, das verstößt gegen die Schulordnung, das kann unangenehme juristische Folgen haben.

»Aber du solltest bei Frau Sorgheloos sein?«

»Sie hat die Grippe. Sagt sie wenigstens.«

»War Frau Sorgheloos hier?«

»Sie hat es Lehrer Goossens gesagt.«

Fräulein Dora fand es schon immer absurd, daß für einen einzigen Schüler, der von seinen sektiererischen Eltern aus nicht in den Religionsunterricht gehen durfte, wodurch er dem Mißtrauen und dem Gespött seiner Mitschüler ausgesetzt war, so daß er vielleicht für den Rest seines Lebens gebrandmarkt sein würde, extra eine Lehrerin für Sittenlehre angeworben wurde. Fräulein Dora hat Ehrfurcht vor anderer Leute Überzeugung – Moral und Rationalismus an sich können keinen allzu großen Schaden anrichten – aber das geht doch wirklich zu weit. Vor allem, da Frau Sorgheloos, die geschieden ist, auch regelmäßig absagt, wozu sie zweifellos der Rektor der Schule ermutigt, jedenfalls bekommt sie keine Rüge dafür.

›Jetzt.‹

Sie hielt noch immer den Ärmel seiner Jeans-Jacke zwischen den Fingern, sie wartete auf die Stimme und ersetzte die Stimme durch ihr eigenes, gejagtes, unterschwelliges Gehetze: ›Dora, deine Zeit ist gekommen, die Zeit der Krankheit, der tödlichen Knoten in deinem Leib, die Zeit eines einzigen Auftrages, die Zeit einer einzigen Seele, und diese Seele gehört dem Jungen mit dem wuscheligen Haar, unschuldig wie einer der kleinen Hirten auf dem Weg zur Krippe und überall vom Bösen umzingelt.‹

»Warum hast du an der Tür gelauscht?«

»Weil der Herr Pfarrer so schön erzählen kann.«

»Findest du?«

In den Wochen darauf hat sie ihm fast jeden Mittag im Aufenthaltsraum der Schule, in dem nur sie beide waren, vorgelesen, vor allem aus dem Neuen Testament, sie hat ihm von ihrem Geheimnis erzählt, daß sie in Bälde mit zerfressenen Organen in die Welt der Schatten im Fegefeuer aufgenommen würde. Sie hat ihn angefleht, niemandem zu sagen, wer ihn in den

Weg, die Wahrheit und das Leben eingeweiht hat, weil die wahren Christen, die Armen und Unschuldigen, wie in der Zeit der Katakomben, von den Liberalen, den Sozialisten und all den Heiden in den heutigen staatlichen Schulen verfolgt würden.

In den Wochen darauf sang Fräulein Dora im Unterricht, das merkte sie stolz und dankbar, höher, lauter. Maarten und sie wechselten glühende Blicke. Sie hat ihm das Buch von Kanonikus Versijp gegeben, das von dem Menschen Jesus handelt. O, wenn dieses *Jetzt* bis Weihnachten dauern könnte!

Fräulein Dora steigt wieder aufs Fahrrad. Sie wird langsamer fahren, wenn sie am Landhaus der Ghyselens vorbeikommt. »Ich scheine verliebt zu sein. Besser spät als nie«, sagt sie kichernd und betätigt laut ihre Fahrradklingel.

Der Kommissar stand breitbeinig in der nach Formalin und Claras Parfum riechenden Zelle und hörte sich Claras Beschwerden an. Sie wollte ihm ständig um den Hals fallen, jedes Mal machte er sich freundlich von ihr los.

»Aber Herr Kommissar, wie soll ich meine Katzen versorgen, wenn ich meine Kunden nicht mehr versorgen darf?«

»Es darf nicht sein, Clara.«

»Und was ist mit den Mädchen in der Veurnsesteenstraße, mit ihren nackten Ärschen in der Vitrine? Das darf wohl sein. Wo doch meine Kunden anständige, vornehme Bürger im besten Alter sind, die keinem was zuleide tun.«

»Es darf nicht sein, Clara.«

»Aber es darf so vieles nicht sein!« rief ihr uraltes, treues, gelbliches, knochiges Gesicht.

»Es ist das Gesetz, Clara.«

Auf dem Weg zu seinem sicheren Zimmer wurde er von einem Paar in Sonntagskleidern aufgehalten, Zeugen Jehovas. Sie wollten ihn bekehren, er ging weiter. Er beeilte sich, vielleicht war es doch keine so gute Idee gewesen, Lippens so lange mit Richard Robion allein zu lassen.

Er merkte es sofort an der jovialen, entspannten Haltung seines Polizisten. Schaden war angerichtet worden. Entgegen jeder Vorschrift, dem gesunden Menschenverstand zuwider, hatte Lippens dem Mann ins Gesicht geschlagen. Der Mann stand in einer nahezu militärischen Haltung vor dem Schreibtisch, die Hände an den Hüften, und klapperte mit den Zähnen. Seine Wange war rot und geschwollen.

Der Kommissar schickte Lippens in die Snackbar, um sechs Käsebrötchen zu holen. Er faßte den Mann an die Schultern und drückte ihn auf den Stuhl.

Sie saßen sich schweigend gegenüber. Nur das quietschende Geräusch, wenn der Mann seine Schuhe verrückte. Gegenüber der Polizeiwache stand ein halb abgerissenes Haus. Die pockigen Betonblöcke, die Gerüste aus losen Brettern, die verstaubten Kabel, die in Fetzen hängenden Tapeten, ein kaputtes Sofa machten den Kommissar trübsinnig.

Man würde das Haus wieder aufbauen, wieder abreißen.

Der Mann schien das zu erraten. Ein gelassener Ausdruck zeigte sich auf seinem Gesicht, als ob er seinerseits irgendeinen Kummer bezwang und in ruhige Erinnerungen versank. Der Kommissar tat so, als ziehe er seinen Terminkalender zu Rate. Auf zwei Seiten stand in seiner kleinlichen, schrägen Handschrift: »Kulturwochenende. Lunch Gouverneur.«

»Ihr Kollege versteht was von Faustschlägen«, sagte der Mann. »Er hat mir gemein weh getan.«

»Er kann's nicht haben, wenn man ihn ärgert. Er ist noch vom alten Schlag.«

»Nicht wie Sie, he?«

»Nein.« Der Kommissar dachte: Ich will überhaupt

nicht nach Hause, es ist gar kein Anlaß dazu, aber ich kann Dinge, die zerfallen oder neu entstehen, nicht ertragen.

»Wie lang werden Sie noch bei der Polizei bleiben?«

»Was geht dich das an?« sagte der Kommissar erstaunt.

»Werden Sie nicht bald pensioniert?«

Daß ausgerechnet dieser Mann, dieses Wrack, so ganz selbstverständlich von seinem Zerfall sprach, brachte sein Blut in Wallung.

»Genug geschwafelt«, schnaubte er. »Deine Frau . . .«

»Nein«, sagte der Mann laut. »Lassen Sie sie in Ruhe.«

»Du hättest sie besser in Ruhe gelassen.«

Mit der flachen Hand schlug der Mann auf den Schreibtisch, die bronzene Schreibtischgarnitur wakkelte.

»Nein, sag ich.«

»Schon gut.« Schweigen. Gut, daß Lippens das nicht miterlebt. Durch das halb abgerissene Haus gingen zwei Herren im Sonntagsanzug, sie kletterten auf die Betonblöcke, Tauben flatterten weg.

Auf dem Flur ertönte die mißmutige Stimme von Roland Veydt, dem Berichterstatter der Zeitung *Het Volk*, der wahrscheinlich Naessens fragte, warum der Verbrecher so lange auf der Wache blieb. Weil ich es will, Veydt.

Als Lippens dem Mann ein Brötchen reichte, ließ dieser es fallen. Er grapschte danach mit einer außergewöhnlichen breiten Hand, er angelte ein dreieckiges Käsestückchen von seinem nackten, schwarz und rot gefleckten Knöchel, wischte sich die Hand an der Hose ab.

»Hier kannst du vom Fußboden essen«, sagte Lippens.

Als er fertiggekaut hatte, fing der Mann zu reden an. Der Ärger des Kommissars, der einigermaßen abgeflaut war, als er den Mann essen sah, loderte wieder auf, denn der Mann maßte sich an, wie die Bauern aus der Gegend zu sprechen: zögerlich, immer wieder mit Äh's gespickt. Er war kein Bauer, zog aber deren barsches Gestammel vor, dem jeder nicht stockende Satz als verdächtig, glatt, als städtische List galt.

»Hätte ich nur. Ich mußte plötzlich vom Dach deswegen. Weil meine Pulle leer war. Sie wissen doch, wie es ist, wenn eine Pulle leer ist. Kriminell blau? Ach was. Aber ich lag doch mehr auf dem Dach als ich saß. Fräulein Dora, die Musiklehrerin, kam noch vorbei. Auf dem Fahrrad. Daß ich noch dachte, die strampelt noch mächtig. Wenn man ihren Zustand bedenkt. Darüber wird ja geredet. Ach, es wird so viel geredet. Später fuhr sie nochmal vorbei. Aber da lag ich schon in den Tomaten.«

Muß ich notieren, dachte der Kommissar, und dem Notar Dockx für sein Idiotikon dieser Gegend mitteilen. In den Tomaten liegen: durch übermäßigen Alkoholkonsum bewußtlos sein.

Er hörte den Lügen, den abgebrochenen Sätzen, den sinnlosen Herumredereien weiter zu, aus Gewohnheit, weil sich daraus die Fragmente der Polizeiwahrheit zusammentragen ließen, aber auch, weil er den Mann in seinem Zimmer behalten wollte. Ich will hinausschieben, aufhalten, konstatierte, notierte er wie in seinen Kalender. Genau wie der, der mir stammelnd gegenübersitzt und seine nassen, quietschenden Schuhe über den Boden schiebt, die Erinnerung an seine stinkende, widerliche Tat hinauszögern möchte, um die die Fliegen heute morgen um Viertel nach zehn herumschwirrten. Belselestraße achtzehn. Ich will nicht nach Hause. Kann ich was dafür, daß ich sie nicht mehr lieben kann? Dies, während der Mann ohne Pause, jedoch kurzatmig knurrend sagte: »Von dort oben kannste weit sehen. Wenn im Verdegem-Tal kein Nebel ist, kannste die Türme von Oudenaarde sehen. Und noch viel mehr. Zwei Typen in Kamelhaarmänteln, eine halbe Stunde lang, in einem geparkten Lada. Eine Frau mit einem dicken Hintern, die weint. Die Mädchen vom Pensionat auf dem Fahrrad. Fräulein Dora.«

»Das hast du schon erzählt.«

»Auch Denijs vom Gemüseladen. In seinem Dreirad. Der schaut sich um, wo er nachts Äpfel pflücken kann . . .«

Der Kommissar unterbrach ihn. »Hast du vielleicht ein Auge auf die Madame geworfen, bei der du arbeitest?«

»Ich? Nein. In meinem Alter.«

»Hast du sie nie belästigt?«

»Die Zeiten sind vorbei.«

»Vierundvierzig. Da kannste doch noch einen hochkriegen«, sagte Lippens.

»In meinem Fall nicht.«

»Wir kriegen dich klein«, sagte Lippens.

»Wie heißt die Madame, bei der du arbeitest?«

»Ghyselen, das hab ich doch schon zehnmal gesagt.«

»Und ihr Vorname?«

»Sibylle«, sagte der Mann.

»Wie?«

»Sibylle«, wiederholte er. Sein Mund klappte auf. Er vergaß, ihn wieder zuzumachen.

»Warum wirst du rot?«

»Ich schäme mich für Sie, Herr Kommissar.«

»Paß auf«, sagte Lippens.

Der Kommissar bekam Kopfschmerzen. Als ob ihm eine unsichtbare Brille auf die Nase gesetzt würde, eine stählerne Montur, die auf seine Schläfen, seine Augenhöhlen drückte. Früher konnte er aus so einem richtungslosen Geschwätz ein geordnetes Verhör aufbauen, Beweise sammeln, Grundlinien in die chaotische Materie des Verbrechens bringen, Gewinn und Verlust bei einer Vernehmung unterscheiden.

Lippens machte weiter. Die Namen der Kneipen, die der Mann nach der Arbeit besucht hatte. *Het roosje* bei Fernand. *Rustica* an der Autobahn. *Margriet.* Wie lange er dort geblieben sei. Wie er nach Hause gekommen sei, wieviel Kilometer das Haus der Ghyselens von seiner Wohnung in der Stadt entfernt sei. Was er bei den Ghyselens noch gemacht habe, nachdem Madame Ghyselen auf dem Rad ins Dorf gefahren sei.

»Ich hab den Kleinen festgehalten. Er hat mich getreten und geschlagen, aber ich hab ihn doch in den Kaninchenstall gekriegt.«

Der Mann streifte den Hemdsärmel hoch, untersuchte die hellblauen Regenwürmer, die auf seinem Unterarm anschwollen, rieb darüber und sagte lachend zu Lippens:

»Sie haben mir gemein weh getan.«

»Ich habe dich gewarnt«, sagte Lippens. »Du mußt antworten, wenn ich mit dir rede.«

»Der Kleine«, sagte der Mann und lehnte sich vor, eine vertrauliche, nur für den Kommissar bestimmte Warnung. »Der Kleine schnappt noch über mit seinen Geschichten von Jesus. Er glaubt, er sei Jesus . . .«

Der Kommissar sah, daß der Bart des Mannes stark gewachsen war, seit er am Morgen, lallend, blind, mit gespreizten Beinen auf dem gemaserten Linoleumboden liegend und nach Atem ringend, gefunden wurde. Bartwuchs aus Angst, aus Reue. » . . .auf dem Berg Goliath«, sagte der Mann.

»Der Berg Golgotha.«

»Der Kleine sagte Goliath.«

»Goliath, das ist jemand anders«, sagte der Kommissar leise.

Maarten kerbt mit einem stumpfen Messer in die Rinde einer Weißbirke, die sich nur schwer löst. Er hätte besser ein Schälmesser aus der Schublade der Anrichte nehmen sollen, doch er muß noch lernen, in der unbändigsten, unsinnigsten Wut – so wie Clint Eastwood – aufmerksam zu bleiben.

Oma schreit, er soll den Baum in Ruhe lassen. Komm, komm, das sind Papas Bäume, und Papa hat bestimmt in seinem Testament festgelegt, daß alle Bäume im Garten – die er in den nächsten Tagen übrigens zählen muß – ihm, dem einzigen Erben zufallen. Es sei denn, Papa macht mit seiner neuen Freundin einen neuen Erben. Doch das sehen wir dann. Paß nur auf, Halbbruder, zweite Person, hier kommt der Schwertfisch.

Maarten umklammert das Messer mit der Faust und hält es vor seine Nase, er beugt sich weit vor und durchfurcht das Mittelmeer, er tutet und pfeift gellend, was gar nicht so dumm ist, denn Fische machen unter Wasser einen Höllenlärm. Er verfolgt die blassen Schemen seines Halbbruders durch das Seegras und die Grotten. Bei den Kirschbäumen schwenkt er um und steuert auf Oma zu. Der von allen Meeresbewohnern gefürchtete Schwertfisch wird quer durch das geblümte Kleid schneiden, den Inhalt des Kleides aufspießen, als huschte er durch einen Makrelenschwarm. Er bremst, läßt den Spieß fallen. Ein tieffliegender Düsenjäger übertönt sein Getute.

»Maarten, komm her!«

»Warum?«

»Weil ich es sage.« Die ewige Antwort.

»Du bist nicht meine Mutter, nur eine Großmutter, und die hat nichts zu sagen.« Großmütter sind nichts. Weder Fisch noch Fleisch. Und kommen überall an zweiter Stelle. So wie Jesus die zweite Person der Dreifaltigkeit ist, als zweiter ergänzt nach seinem Vater, der die Nummer eins bleibt, wie auch immer.

Oma schlurft über die bemoosten Steinstufen der Terrasse, geht am Rhododendron vorbei und hält sich dann an der ockerfarben gestrichenen Hauswand fest. Papa und Mama haben die Farbe der Außenwände nach ihrer Reise durch Italien bestimmt, wo alle Wände diese Farbe haben. Das ist schon lange her. Sehr merkwürdig, daß er damals nicht da war. Oder vielleicht hockte er doch schon in Mamas Bauch. Und klopfte sein Herz bereits.

Oma schreit noch immer, jetzt in Richards Richtung. Sie befiehlt ihm, Maarten sofort zu ihr zu bringen, und, man glaube es oder nicht, der Schlappschwanz gehorcht. Er klettert langsam, aber nicht unwillig die schwankende Leiter hinunter, ein Nebel aus Strohstaub rund um seine Silhouette.

Maarten flieht. Er erreicht die dicke Linde, die mindestens hundert Jahre alt ist, also viele Kriege überlebt hat, und die Papa »mein Baum« nannte. Er hört Oma wettern, er sieht, wie Richard sich bückt, seinen Schnürsenkel bindet, sich aufrichtet und losläuft. Maarten verläßt die Linde und rennt zu der Hecke, dann zu dem Loch in der Hecke, wo das Unkraut mannshoch ist und die Schnecken, Fledermäuse und Ratten wohnen.

Es dauert nicht lange, bis Richard ihn einholt, ihn packt, juchzend in die Höhe hebt, sein saurer Atem in Maartens Gesicht.

»Judas«, sagt Maarten. Mühelos wirft Richard ihn über seine Schultern. Maarten zappelt, schlägt, stößt, weil es von ihm erwartet wird, aber während er sich krümmt und windet, kommt eine kühle Ruhe über ihn. Dann läßt er seinen Körper schlaff auf dem sich bewegenden, ruhig schreitenden Gerüst hängen. Als ob er für heute seine Todsünden-Ration an Wut verbraucht hätte.

»Richard, laß mich los«, sagt er, und Richard gehorcht seiner Ruhe.

»Danke, Richard«, sagt er und legt seine Hand in die des Siegers, eine Hand wie ein ungehobelter hölzerner Handschuh.

»In den Stall«, sagt Oma. »In den Stall. Bis seine Mutter zurück ist.« Der bestialische Gestank des Kaninchenstalls steigt einem schon bei den Kirschbäumen in die Nase, ganz stark aber vor der Tür zu Papas Billardzimmer, obwohl die Kaninchen schon monatelang tot sind. Eines Morgens lagen sie alle, die weißen Bäuche nach oben, auf dem Stroh. Sie haben das ewige Leben, deshalb stinken sie noch so lange nach ihrem Tod. Das ewige Leben aller Toten, die nicht vom rechten Pfad abgewichen sind. So wie die Kirschblüten jedes Jahr wiederkommen. Die Ungerechten haben auch das ewige Leben, aber dann in kochendem Öl.

(»Und du bist gleich mit Richard in den Kaninchenstall gegangen?« fragte Fräulein Dora vier Tage später, drei Tage nach der entsetzlichen Tat.

»Ja. Sofort.«

»Weil du gespürt hast, daß deine Oma recht hatte?«

»Ja. Man darf die Bäume nicht schänden. Das ist genauso schlimm, wie junge Seehunde totknüppeln. Bäume weinen auch, wir können es nur nicht hören.«

»Gut, Maarten, sehr gut. Und was hat Richard bei dir im Kaninchenstall gemacht?«

»Gequasselt.«

»Nur gequasselt? Normalerweise sagt er nicht viel.«

»Zu mir schon.«

»Worüber? Willst du's nicht sagen? Du mußt es nicht sagen, wenn du nicht willst.«

Maarten wollte Fräulein Dora lieber denn je umarmen, sie beschützen, trösten, so dankbar war er, daß er Richard nicht verraten mußte. Übrigens, sobald Fräulein Dora, tot, in dem wolkenlosen, strahlend blauen Himmel angekommen ist, wird sie von dort aus alles sehen können, nicht nur alles, was in dem Augenblick vor sich geht, sondern auch alles, was während ihres Lebens geschehen ist, das endlose Zurückspulen eines allumfassenden Videofilms.

Maarten fragte sich damals, drei Tage und drei Nächte nach der grausamen Tat Richards, ob Richards Frau Julia demnächst Fräulein Dora im Himmel treffen, ihr zufällig über den Weg laufen würde. (Denn daß sie dort landen würde, war zu fünfundneunzig Prozent sicher.)

Ob sich die Toten da auf die Füße treten? Der Himmel ist ziemlich groß. Vielleicht ist es an den guten Plätzen voll, in Jesus' Nähe, wo phosphoreszierende Sessel in die Wolken gemeißelt sind.

»Ich will's ja erzählen, Fräulein Dora, aber dann muß ich erst Richard um Erlaubnis fragen, und man wird mich nicht ins Gefängnis reinlassen.«

»Nein«, sagte Fräulein Dora. »Nur die nächsten Familienangehörigen.«

»Er hat doch gar keine Familie.«

»Böser Tat folgt böser Lohn«, sagte Fräulein Dora ernst wie ein Polizeibeamter.)

»Komm«, sagt Richard und schiebt den verrosteten Riegel zur Seite. Maarten geht in den leeren Stall. Da, wo einst die Nagerchen hockten, wo Gemümmel, Gescharre und Gequietsche zu hören war, sind jetzt nur noch verschimmelte Wände, ein paar verschrumpelte Möhren, Reste von nassem Stroh auf dem Boden. Das Rauschen des Baches, der am Gemäuer entlangfließt. Maarten schlägt dicke Spinnengewebe beiseite, die Tür fällt zu, Licht kommt nur durch eine verdreckte Drahtglasscheibe herein. Erst jetzt merkt er, daß Richard im Stall geblieben ist und ruhig an der Wand lehnt, Tabak herausholt, eine Zigarette dreht.

»Wir sitzen alle beide im Knast«, sagt Maarten.

»Ein Knast, aus dem du raus kannst, ein Knast ohne Schlüsselloch, ist kein Knast.«

»Oma sagte beim Essen, daß du schon mal im Knast warst. Hat meine Mama das gewußt?«

»Kann sein.«

»Und mein Papa?«

»Der ganz bestimmt.«

»Und sie lassen dich auf unserem Hof herumlaufen? Ich würde nie einen im Haus haben wollen, der im Knast war.«

»Deine Eltern sind gute Menschen.«

Richard nimmt einen Schluck aus der Pulle.

»Laß mich mal trinken.«

»Nur probieren.«

Die Flüssigkeit verbrennt Maartens Mund, am liebsten hätte er sie ausgespuckt, es ist Feuer, er niest drei-, viermal.

»Das ist eine Strafe«, stößt er hervor.

»Die leichteste Strafe. Ein Maurerschnaps. Damit die Maurer auch noch bei Frost arbeiten können.«

»Trinkt Julia das auch?«

»Nein. Unsere Julia trinkt lieber Cognac.«

»Trinkt sie davon genauso viel wie du?«

»Nicht mehr, aber auch nicht weniger.« Richard lacht breit, wie über einen Witz.

Maarten war Julia einmal in ihrer Wohnung begegnet, einer Bruchbude am Stadtrand. Die drei Stühle und der ungestrichene Tisch schienen eben erst hingestellt worden zu sein. Julia hatte sich auf einem kaputten Sofa ausgestreckt, ihre nackten Füße lagen auf einer Katze. Der Ofen glühte, Julia auch.

Ihre Stimme war zu rauh, zu hart für ihre schmale Gestalt. ›Willst du Schokolade? Vollmilch oder bitter?‹

Dann stellte sich heraus, daß sie die Schokolade bereits selbst aufgegessen hatte. ›Sie ist so vergeßlich‹, hatte Richard gerührt gesagt.

›Der Saufbold hat dich gern‹, sagte sie. ›Viel lieber als mich.‹

›Glaub ich nicht‹, sagte Maarten. Nein, er sagte: ›Ich denke nicht‹, denn sie rief sofort: ›Denken, denken, davon hast du doch keine Ahnung, du Grünschnabel. Ich werde vor lauter Denken noch verrückt. Ich muß jeden Tag deswegen Aspirin nehmen.‹

›Ein Aspirin hat noch keinem geschadet‹, sagte Richard ungemein zärtlich. Er schenkte Kaffee aus der Kanne ein, die auf dem Ofen stand, und schlürfte laut.

›Maarten‹, sagte Julia, ›weißt du, daß ich, seit ich bei diesem Waldaffen bin, nur ein einziges Mal am Meer war? Nur ein einziges Mal für drei Tage, und in diesen drei Tagen hat er das Meer nicht einmal gesehen, er ist die ganze Zeit in seinem Appartment geblieben.‹

›Man konnte das Meer vom Fenster aus sehen‹, sagte Richard.

›Und einmal gehe ich eine Stunde am Deich spazieren, ich komme nach Hause und da sagt er: ›Na, Julia, hast du an mich gedacht?‹, ich bin erschrocken, ich dachte: ›Er muß mich doch gern haben, wenn er so etwas fragt, und ich sage: ›Ja, Richard, ich habe an dich gedacht, ich denke immer an dich, wenn du nicht bei mir bist.‹ ›Und‹, sagte er. ›Ich sage: was und?‹ ›Und, wo ist meine Pulle?‹ Der Kerl dachte, daß ich losgegangen bin, um ihm eine Flasche Bier zu holen. Mich soll der Schlag treffen, wenn's nicht wahr ist.‹

»Wie geht's Julia?«, fragt Maarten im summenden Kaninchenstall, wo hundert Fliegen herumschwirren.

»Sehr gut.«

»Aber sie trinkt zuviel.«

»Julia ist ein Waisenkind«, sagt Richard langsam. »Und Waisenkinder brauchen mehr Zuneigung als andere. Und wenn sie die nicht kriegen, trinken sie zuviel.«

»Warum warst du im Knast?«

Der Süffel antwortet nicht. Jemand schlurft über den Hof. Oma. Mensch, verdrück dich, wo wir hier so gemütlich beisammen sind, wie zwei Schüler, die zur Strafe in der Ecke stehen müssen und sich zublinzeln. Maarten nimmt eine der verschrumpelten tiefbraunen Möhren, bricht sie durch, der

Gestank ist unerträglich. Oft hat er hier die Kaninchen, die am Drahtgeflecht hochsprangen, geärgert, indem er eine Rübe vor ihrer eifrig zitternden Nase im letzten Moment weggezogen hat.

»Ich bin im Knast gelandet, weil ich Leuten geholfen habe.«

»Dafür kommt man doch nicht ins Gefängnis.«

»Ich schon.« Richard nimmt einen Schluck, bibbert wie in einem plötzlichen kalten Wind. »Und ich sage nicht, daß man den Menschen nicht helfen soll, ich sage nur, daß man dafür ganz schnell im Knast landen kann.«

»Was für Leuten?«

»Frauen.«

»Was für Frauen?«

»Frauen, die geglaubt haben, daß ich als Diplomierter ihnen aus ihrer Misere helfen kann. Lokeren ist ein kleines Städtchen, und diese Frauen trauten sich nicht, zu ihrem Hausarzt zu gehen. Ist schon ein paar Jahre her, heutzutage sind die Gesetze nicht mehr so streng, das muß gesagt sein, man drückt schon mal ein Auge zu. Aber damals nicht. Als ich ihnen geholfen hatte, fragten sie: ›Richard, was bin ich dir schuldig?‹ Und als ich sagte: ›Nichts, aber paß in Zukunft besser auf‹, riefen sie: 'O, Richard, das werde ich dir nie vergessen!' Und als die Polizei kam, waren sie die ersten, die mit dem Finger auf mich zeigten.«

»Hängt in deiner Wohnung ein Kreuz?«

»Ja, Waisenkinder werden damit erzogen.«

»Ich meine in dem Haus, wo du früher gewohnt hast, in Lokeren?«

»Ich glaube nicht.«

»Siehst du! Wenn du damals vor dem Kruzifix gebetet hättest, wäre das nie passiert.«

Draußen ruft Oma wie ein verirrter böser Truthahn.

»Kinder«, sagt Richard. »Kinder. Warum? Weil man Angst hat, allein in die Grube zu kriechen?«

Sonnenlicht fällt in den Raum. Oma bleibt auf der Schwelle stehen, im Gegenlicht, aber man kann ihr grimmiges Gesicht deutlich genug sehen.

»Was treibt ihr da? Komm raus, Richard, raus!«

Richard schlurft, wie ein Schuljunge zum Rektor, in einem Gewirbel von Staub und Fliegen ans Licht.

»Du auch«, schnaubt Oma. Maarten drängt sich gegen Richards Hintern und rutscht ins Freie, er hört, wie Richard stotternd noch etwas zu der alten Frau sagt.

O Götter! Welcher gnädige Gott hat sie gesandt? Lehrer Goossens sieht, wie Sibylle Ghyselen ihr Fahrrad gegen den Erker seines Hauses lehnt, wie sie sich das zerzauste Haar richtet. Bevor Liliane auf die Klingel reagieren kann, schnellt er zur Haustür. Ihm fällt keine passende Begrüßung ein. »Ja, Madame«, sagt er wie zu einer Zeugin Jehovas. Sie fragt, ob sie ihn sprechen könne.

»Natürlich. Immer.«

Liliane ist weniger beeindruckt, als Lehrer Goossens erwartet hatte. Sie führt Sibylle Ghyselen freundlich ins Wohnzimmer.

»Achten Sie nicht auf die Unordnung«, sagt er. Alles, was er sagt, ist unwürdig. Auch: »Ich nehme an, es handelt sich um Maarten.«

»Ein Engel von Kind«, ruft Liliane. »Er macht uns viel Freude!« Sie setzt sich ungefragt Sibylle Ghyselen gegenüber und spreizt ihre proletarischen, knöchellosen Beine. »Und sein Haar finde ich so schön, vor allem, wenn es frisch gewaschen ist. Es ist lang, nicht jedermanns Geschmack, aber ich finde, daß es ihm sehr gut steht.«

»Herr Goossens, könnte ich Sie einen Augenblick allein sprechen?«

»Aber natürlich«, schreit Liliane. »Ich verstehe. Ich bin schon weg.« Sie rührt sich nicht von der Stelle. »Wirklich keinen Kaffee? Ich habe auch koffeinfreien. Oder einen Keks? Nein? Du, Willy? Nein? Das höre ich auch zum ersten Mal.«

Lehrer Goossens schämt sich. Er sieht sein Wohnzimmer mit den Augen der Göttin Cybele, die kupfernen Kerzenständer, den Kronleuchter, die kleinen Porzellanvasen, die billige Lampe auf der Fensterbank, das Foto von Corry als Wölfling.

O, warum hat sie ihren Besuch nicht vorher angekündigt, dann hätte er sie sofort am Arm genommen und zu seinem Schreibtisch gelotst, wo sie seine wahre Natur entdeckt hätte, seine Askese, die Lossagung von den Zerstreuungen. Ein Anflug von Ärger, weil sie ohne anzurufen oder sonstige Vorwarnung einfach vor der Tür stand – etwas, was ihr bei den Freunden ihres Mannes, dem Unternehmer, nicht in den Sinn gekommen wäre – wird durch Freude erstickt, sie ist da, wenn auch in Lilianes Reich aus Kupfer, Blümchentapeten und Teakholz.

»Wenn ihr mich braucht, müßt ihr nur rufen«, ruft Liliane und läßt sie allein.

Dann erzählt Sibylle Ghyselen etwas Schändliches. Eine Beschuldigung, die so absurd ist, daß es ihm fast den Atem nimmt, als er sagt: »Das kann doch nicht Ihr Ernst sein?«, »Warum sollte ich etwas gegen Juden haben?« und »Ich habe nicht die leiseste Ahnung, worauf diese Bezichtigung fußt« und »Ich werde dem auf den Grund gehen. Das ist ja lebensgefährlich. Wie kommt Maarten auf so eine Anschuldigung! Gerade weil er der einzige ist, der nicht am Religionsunterricht teilnimmt, wache ich sorgfältig darüber, daß seine Rechte respektiert werden. Wann hat er das gesagt?«

»Heute mittag.«

Lehrer Goossens sieht durch das Fenster voll gelber, getrockneter Regenspritzer Denijs vom Gemüseladen ganz gemächlich vorbeifahren. Er hofft, daß Denijs ihr Fahrrad, den glänzenden Beweis ihrer Anwesenheit, auf sein Dreirad lädt.

»Wenn es jemanden gibt, Madame, der den höchst schmerzlichen Bruch zwischen den Juden und den Christen bedauert, bin ich es. Gewiß, über das gegenwärtige Verhalten des Staates Israel könnte man diskutieren, aber es kann keine Rede davon sein, daß ich im Unterricht oder sonstwo auch nur ...«

»Mein Sohn«, sagt sie.

»Ihr Sohn«, sagt er, »muß irgendwo etwas falsch aufgeschnappt haben, er hat so viel Phantasie.« (Dieser verwöhnte Bengel muß einfach mal eine saftige Ohrfeige kriegen.)

»Und nicht von Ihnen?«

»Madame! Wie können Sie nur vermuten, daß ich ... die Juden und wir ... die so tragische Spaltung feindlicher Brüder ... ein fortwährendes Übel in der Geschichte ...«

Sie hört nicht zu, glaubt ihm aber.

»Aber wer könnte sonst ...«

»Madame, darf ich Sie bitten, daß dies unter uns bleibt. Es würde mich nicht verwundern, wenn der Herr Pfarrer damit etwas zu tun hätte. Ohne sich dessen ganz bewußt zu sein, natürlich. Aber in der Religionsstunde treibt er es zuweilen ganz schön bunt. Und das erzählen die Schüler dann auf dem Schulhof noch bunter nach.«

»Dann werde ich den Pfarrer fragen.«

Lehrer Goossens saugt an einer kalten, leeren Pfeife, legt sie mit dem Kopf auf den Rand des Aschenbechers. Auf Sibylle Ghyselens Stirn zeigt sich eine vertikale Falte, eine Narbe fast. Er will nicht, daß sie geht. Er fragt: »Haben Sie eine Einladung für das Kulturwochenende erhalten?«

»Nein.« Sie lügt. Er hat den Umschlag mit dem Emblem des Kulturkomitees selbst getippt, ihre Adresse ließ ihn erschaudern.

»Im Rahmen des Kulturwochenendes wird ein Stück von mir aufgeführt.«

»Wo?«

»In der Sankt-Servatius-Kirche.«

»Ein Stück von Ihnen?« Will sie ihn zum Narren halten, provozieren?

Er erzählt ihr von seinem Deklamatorium. Von den Proben.

»Ich muß mich natürlich nach der Decke strecken. Unsere Gesellschaft Concordia ist ausgezeichnet besetzt, aber sie richtet sich hauptsächlich auf Schwänke und Lustspiele. Das ist ein ganz schöner Übergang. Und ich mußte die Anzahl der Rollen beschränken. So hätte ich, um die Rituale der Cybele darzustellen, gern einen Chor der Zwerge gehabt. Jetzt habe ich nur einen Zwerg, den spielt die kleine Mariette Verhaegen.«

»Haben Sie schon einmal einen erfrorenen Zwerg gesehen?«

»Nein«, sagt er befremdet.

»Aber ich. In Alaska, auf einer Reise mit meinem Mann.«

»Sie waren in Alaska?«

»Auf dem Weg in die Vereinigten Staaten. Bei einer Notlandung in Alaska mußten wir dort übernachten. Und am nächsten Morgen lag genau vor dem Hotel ein Zwerg, mit Eiszapfen bedeckt.«

Die umflorten Lippen lassen den Schatten eines ironischen Lächelns durch, signalisieren eine nur für ihn bestimmte Botschaft. Lehrer Goossens möchte, wie so oft, diesmal jedoch schmerzlicher denn je, zehn Zentimeter, notfalls fünf Zentimeter größer sein, breitere Schultern haben, hypnotisieren können.

»Ja, die Natur ist manchmal grausam«, sagt er.

Sie behauptet dann, daß sie froh sei zu hören, daß er neben seiner Aufgabe als Schulrektor noch Zeit und Muse habe, sich einem Hobby zu widmen.

Ein Hobby! Er schmunzelt. »Mein Hertze seuffzet stets / und brennet mit Verlangen.« Warum nur relativieren Göttinnen wie Cybele, Frauen wie Liliane, unsere Leidenschaften immer so erbarmungslos?

Sie sagt, daß ihr Mann keine Hobbies habe, was sie bedauere. Seine verschiedenen Firmen, Verzweigungen diverser Unternehmen, hätten ihn völlig in

Anspruch genommen. Ständig ins Flugzeug nach Amerika, rein und raus. Zwölf Leben zugleich.

Lehrer Goossens nickt. Was weiß er schon vom internationalen Finanzgeschäft? Sein Bruder hat ihm von günstigen Investitionen in Kolumbien erzählt. Oder war's Bolivien? Vielleicht kann er, bevor sie aufsteht und weggeht, schnell, schnell etwas über die Nahrungsmittelindustrie im allgemeinen sagen, aber was?

»Ach, Amerika«, sagt er.

Sie will aufstehen, er legt seine übermütigen Finger, alle fünf, auf ihren warmen und glänzenden Unterarm.

»Zufällig findet heute abend eine Probe meiner Cybele in der Servatiuskirche statt. Warum schauen Sie nicht mal vorbei? Heute abend kommt nichts Besonderes im Fernsehen, höchstens eine Dokumentation über Van Gogh im zweiten Programm, aber die wurde von Amerikanern gemacht, und da wissen wir, was uns erwartet, nicht wahr?«

»Was erwartet uns denn?«

Er ist kurz verdutzt. Er könnte ausführlich über die transatlantische Kultur sprechen, die unsere Sender überwuchert. Aber sie will gehen. »Es wäre für alle Mitglieder der Concordia – und besonders für mich – eine außerordentliche Ehre. Natürlich nur, wenn Sie Zeit haben.«

Er versucht, der Frau, deren süßes Moschusparfum zu ihm dringt, einladend zuzulachen.

»Vielleicht«, sagt Sibylle Ghyselen. »Warum nicht?«

»Dann hole ich sie Viertel vor acht ab.« Er hört die öligen Stimmen der Stammgäste im Café *Raadskelder* gegenüber der Servatiuskirche. »Hej, wer steigt denn da aus dem Auto des Lehrers von Zavelgem? Sein Liebchen, schau an!«

»Nicht nötig. Ich finde den Weg allein. Wann fangen Sie an?«

»Um halb neun. Die Leute wollen lieber vorher essen.«

»Vielleicht«, sagt sie.

Lehrer Goossens jubelt. Er muß sich beruhigen. »Mein Stück ist natürlich ... Sie müssen es natürlich als Deklamatorium betrachten, es enthält Elemente, die, wenn man an den Stil nicht gewöhnt ist und die Hintergründe nicht kennt ... Ich meine, man kann es leicht für bombastisch halten, kann sein, daß die Gedanken und Bilder für den Inhalt vielleicht zu groß erscheinen ...«

Er kann sich täuschen, aber er meint, etwas von Maartens Arroganz in ihrer Miene zu entdecken, so wie der Junge beim Unterricht manchmal gar nicht richtig da ist, sich von seinen Mitschülern, dem Klassenzimmer, dem Herunterleiern der Verbformen weniger abwendet, als vielmehr ohne mit einer Wimper zu zucken Abschied nimmt von ihm, Lehrer Goossens selbst.

»Übrigens«, sagt er, »das Stück hat auch mit Ihnen zu tun.«

»Wie bitte?« Aha. Die Hexe ist interessiert. Weil es von ihr handelt.

»Der Titel. Cybele. Meine Hauptperson heißt Cybele.«

»Und?«

»Sibylle. Cybele.«

»Zufall.«

»Ja.«

»Und wer ist das, diese Cybele?«

»Die Göttin der Fruchtbarkeit.« Vorsichtig. Denn so fruchtbar ist sie nicht. Nur ein Kind. Und danach? Keine Lust mehr? Fehlgeburten? »Sie ist keine liebenswerte Person, aber sehr reizvoll.«

»Warum keine liebenswerte Person?«

Er will Liliane zum Gemüsehändler schicken, um sie Tomaten, Fenchel, Tabak, Coca-Cola holen zu lassen, und dann schnell schnell seine Hose aufmachen.

»Cybele war ziemlich autoritär«, sagt er und grinst.

Seine offene Hose könnte auf eine anschauliche, didaktische Weise die Rituale der Priester Cybeles wachrufen.

»Erzählen Sie«, sagt sie.

»Wenn Cybele meinte, jemand habe ihren Kult beleidigt, verwandelte sie ihn in einen Löwen und ließ ihn an ihren Prunkwagen binden.«

»Das fanden die Männer bestimmt toll. Männer wollen doch Löwen sein?«

»Ich nicht«, sagt Lehrer Goossens. (Ich schon, und am Saum ihres Kleides knabbern.)

»Tatsächlich?«

»Ihre Priester verpflichtete sie, sich selbst zu kastrieren.«

»Das geht zu weit«, sagt Sibylle Ghyselen.

»Oder in Frauenkleidern herumzulaufen.«

»Wie sonderbar«, sagt sie, ihre Lippen scheinen voller, geschwollen, sie möchte etwas über dieses Sonderbare erzählen, stockt aber. Liliane kommt mit einen Tablett herein, auf dem sein Vier-Uhr-Vesper liegt, zwei Käsebrote und Maggi-Tomatensuppe in Corrys Porzellanbecher mit dem Porträt von Baden Powell.

Maarten kaut auf einem Mundvoll Gras. Was die Tiere essen und womit sie zufrieden sind. Als er aus dem Kaninchenstall in den Obstgarten flüchtete, hat er etwas getan, für das er Buße tun muß. Schlimmer, das eine Entschuldigung verlangt. Denn er hat der Mutter seiner Mutter »Krepiere!« zugerufen. Und zwar so laut, daß Gott der Vater es – selbst in einem zerstreuten Augenblick – garantiert hören mußte. Und wenn er es nicht gehört hatte, könnte er heute abend, wenn er die Rechnung aller in Zavelgem begangenen Sünden aufmachte, auf einem seiner göttlichen Videoschirme sehen, was sich im Kopf des Maarten Ghyselen abgespielt hatte, nämlich Oma, die über einen von demselben Maarten Ghyselen schlampig liegengelassenen Kreisel stolperte, Oma, die mit zeitlupenartigem Schwingen der Arme und Reiherbeine rücklings geradewegs auf ein im Gras steckendes Kartoffelschälmesser fiel, eine Kartoffelschale war noch um die Klinge geringelt. Oma, die den heiligen Geist aufgab. Was würde Gott Vater tun? Einen prasselnden Blitz aus seinem Zeigefinger auf den Täter schleudern, der heute abend im Bett mit der Taschenlampe *das Buch* lesen wird? Oder seinen Sohn in der Form eines Schwertfisches geräuschlos durch die Nacht schicken?

»Krepiere«, selbst wenn es nicht ernst gemeint war, war es jedenfalls unhöflich. Aber wie kann man so etwas höflich rufen? Zum Beispiel wie in einer schwarzumrandeten Anzeige in der Zeitung? ›Oma, entschlafe im Frieden des Herrn?‹ ›Oma, geh in aller Stille von uns?‹

Maarten kommt zu den Tomatensträuchern. Richards nackte Füße ragen heraus, wie von den dunkelgrünen Blättern abgehackt, lange Zehen voll Sand. Richard schnarcht so laut, als ob er die runde schöne Tomate über ihm vom stacheligen Stengel blasen wollte.

»Hej, Faulenzer, Faulpelz, Faultier.«

Richard macht ein Auge auf. »Wie spät ist es?« Er kniet sich hin. »Ich muß hier schon 'ne Weile liegen.«

»Länger als eine Stunde«, lügt Maarten.

»Junge«, sagt Richard. Maarten versteht die Bitte, er schüttelt den Kopf.

»Nein!«

»Komm. Im Eisschrank in der Küche. In zwei Minuten bist du hin und zurück gelaufen.«

»Nein, Richard.«

»Deine Oma wird dich garantiert nicht sehen. Du bist ein flinker Teufel.«

Maarten grübelt. Wenn er auf Richards Bitte einginge, wenn er der Sünde der Trunksucht Vorschub leistete, die aus Menschen dumme, gefährliche Bestien macht, was könnte er dann als Gegenleistung verlangen?

Richard sitzt auf seinen Fersen. Die Tomate wakkelt.

»Das Kreuz ist kaputt«, sagt Maarten. »Du solltest ein anderes machen.«

»Mach ich heute noch. Nun, worauf wartest du?«

»Erst ein neues Kreuz.«

»Gleich.«

»Und ein stabileres.«

»Kann man das andere nicht reparieren?«

»Nein«, sagt Maarten und zeigt ihm den breiten Splitter, den er sich als Reliquie in die Tasche gesteckt hat.

»Ich mach dir gleich ein neues. Geh jetzt in die Küche.«

»Nein«, sagt Maarten.

Richard flucht laut und ausgiebig, wie er es bei den Soldaten gelernt hat.

»Tu nicht so hysterisch, Mann«, sagt Maarten und läßt den Mann im Sand zurück.

Richard erleidet nun Schmerzen, aber was ist das im Vergleich zu dem, was Fräulein Dora erleidet, Fräulein Dora mit ihrem sterbenden Leib, von den Freidenkern und deren *Spott* bedroht.

Maarten hält den Holzsplitter vor die Nase, beugt sich weit vor, brummt und rennt an den beiseitespringenden Schafen vorbei. Sein Spieß, sein Schwert ist nicht scharf, nicht lang genug, doch das ist egal. Er ist ebensowenig ein richtiger Schwertfisch, wie Jesus ein Fisch war. Es ist eine *Mutaffer*. So wie die Katholiken in den gewölbten Weinkellern Roms, die dort vor Kaiser Neros Polizisten Zuflucht suchten, die sie den Löwen vorwerfen wollten, einen Fisch an die Mauer malten. Um einander Signale zu geben. Die Katholiken waren die Fischer und Jesus der Fisch, der größte, schönste, stärkste, schlaueste Fisch aller Meere. Der größte? Der Walfisch ist kein Fisch. Der Delphin? Der ist zu zahm, ein Flipper, immer bereit zu helfen, den kann man nicht ernst nehmen. Der Hai, ja, aber der ist wirklich gemein. Nein, darüber braucht man gar nicht zu diskutieren, der edelste ist der Schwertfisch. Auf dem Bild, das links von Maartens Schulbank im Klassenzimmer an der Wand hängt. Glatt wie ein U-Bott, ein stählerner straffer langgestreckter Körper mit Stachelflossen, Xiphias gladius. Sein Fleisch kann man nicht essen, er schläft nie, er wiegt tausend Kilo, sein Schwert ist schärfer und schneller als das von Zorro. Er sieht alles, die toten Fische, die kranken Fische, die verletzten Fische, die nach Luft schnappen, und schon huscht er hin und schluckt sie runter. Er greift Walfische an, und obwohl er nie hysterisch ist, greift er auch Schiffe an, weil er denkt, sie hätten sich als Walfische getarnt, und dabei bricht manchmal die Spitze seines Schwerts ab, aber die wächst wie durch ein Wunder sofort wieder nach, denn er muß wie der Blitz, engelgleich und bestialisch in einem, die Sünder und die Händler im Tempel in Stücke reißen. Dunkelviolett in den eiskalten Strömen des Meeres.

Mama kommt angeradelt. Mama geht zur Terrasse. Und natürlich fängt das Gejammer ihrer Mutter sofort an. Maarten schleicht zum Haus. »Sie hatten die Schamröte auf den Wangen.« (Sie, das sind Richard und er.) »Ich sage nur, was ich gesehen haben, Sibylle, sie fühlten sich ertappt, das habe ich sofort gespürt. Sibylle, heutzutage hört man unentwegt von Kindern, die belästigt werden, und das kommt erst Jahre später heraus.«

Er kann nicht hören, was Mama sagt. Sie wird ihrer Mutter wieder recht geben.

Erst eine Stunde später schlüpft er leise ins Haus und findet Mama in ihrem Schlafzimmer. Sie sitzt auf dem Rand des Bettes, das Papa extra für sie in der ersten Woche ihrer Ehe hat anfertigen lassen. Aufmerksam, vornübergebeugt fährt sie mit streichelnden Bewegungen mit einem gleichmäßig summenden elektrischen Döschen, das Härchen ausreißt, über ihre Beine. Schwarze Staubteilchen fliegen auf das weiße Laken, feinste Filzstiftpünktchen.

»Du hast mich ganz schön blamiert«, sagt sie, ohne aufzublicken. »Herr Goossens war außer sich. Du hast dir alles nur ausgedacht nach dem blöden Quo-Vadis-Film.«

»So hieß der Film nicht.«

»Mir egal. Daß du deine Mutter so blamieren kannst. Aber das werde ich dir heimzahlen, warte nur. Und jetzt geh mir aus den Augen.«

Er macht keine Anstalten. Er steht mit einem Fuß auf der offenen Schublade des Spiegelschranks, in der allerlei seidene Kinkerlitzchen liegen. Sie tut, als sehe sie ihn nicht. Seine Augen brennen. Er darf nichts sagen. Fräulein Dora darf in ihrem Leben nicht gepeinigt werden. Unbehelligt, froh soll sie zum Heiland gehen, nicht durch seinen Verrat besudelt. Mama geht ins Badezimmer. Er folgt ihr. Er setzt sich auf die Klobrille, während sie in den Spiegel guckt, ihr Kinn betastet, ihre Wimpern mit Öl einreibt, Ohrringe anprobiert und wieder beiseite legt, ihren Hals pudert; eine unbekannte Frau entsteht, mit hohlen Wangen, die in dem glänzenden beigen Unterrock schlanker und größer wirkt, sich unsicher auf den hohen Absätzen wiegt und fragt: »Was war zwischen dir und Richard? Oma sagt, ihr seid zusammen im Kaninchenstall gewesen.«

»Oma ist eine Hexe.«

»Und du bist ein ausgekochter Lügner.«

»Mama.«

»Ich habe keine Lust, mich jetzt mit dir abzugeben. Mit Lügnern will ich nichts zu tun haben.«

Verfluchte Tränen. Er reißt Klopapier ab, tut so, als schneuzte er sich die Nase, trocknet sich, von ihr abgewandt, die Tränen.

»Faßt dich Richard manchmal an? Zieht er dich an sich, wie um zu raufen?«

»Nein.«

»Nie? Macht er etwas anderes, was du dich nicht zu sagen traust?«

»Nein.«

»In der letzten Zeit bist du nicht von ihm wegzukriegen.«

»Richard ist ein lieber Kerl. Es stimmt, daß er im Gefängnis war, aber nur, weil er Frauen geholfen hat.«

Sie hört auf, ihre Haarwurzeln zu untersuchen.

»Weil in der Kleinstadt, wo er wohnte, eine Frauenkrankheit ausgebrochen ist. Die Frauen konnten nicht mehr gehen, so schwach waren sie und ausgezehrt, sie kamen die Treppen zum Krankenhaus nicht mehr hoch. Und er hat sie geheilt mit Medikamenten, die für Tiere sind, über die er alles weiß, und weil das bei Menschen nicht erlaubt ist, hat man ihn festgenommen. Obwohl die Frauen gesünder wurden als je zuvor!«

»Maarten, er wurde verurteilt, weil er dafür sorgte, daß die Frauen keine Kinder gekriegt haben.«

»Wollten die Frauen keine Kinder?«

»Nein. Und er konnte das mit einem ... einem Eingriff regeln.«

»Na und?«

»Was na und?«

»Die wollten die Kinder doch nicht? Wenn man sein Kind nicht gern hat, oder wenn man glaubt, daß man sein Kind, wenn es größer geworden ist, nicht mehr gern haben wird, dann ist es doch besser, kein Kind zu kriegen?«

»Es gibt Gesetze ...« sagt Mama, aber Oma kommt herein, seufzend, mit Stapeln von Badetüchern auf den mageren Armen. Sie sagt, daß Männer, die auf Staatskosten studiert haben und solche Sachen machen, sofort auf den elektrischen Stuhl gehören.

»Was für Sachen?«

»Das erfährst du, wenn du älter bist.«

»Muß Richard auf den elektrischen Stuhl?«

»Keine Ausnahmen, kein politisches Palaver – kurzen Prozeß.«

»Mutter«, sagt Mama. Sie zieht ein weißes Seidenkleid an, schmult heimlich in den Spiegel, als würde sie bespitzelt. Würde man alle Stunden zusammenzählen, die Frauen vor dem Spiegel verbringen, käme die Lebenszeit eines sechsjährigen Kindes heraus. Wo geht Mama hin? Warum kündigt sie nicht vorher an, daß sie den ganzen Abend nicht zu Hause ist, damit er sich darauf vorbereiten kann? Maarten läßt sich mitten auf das große Bett fallen, wo er vor einem Jahr, nein weniger, sonntags morgens noch bei Papa liegen durfte, einem warmen, behaarten Papa, der sich den belgischen Sprachenstreit im Radio anhörte und sich manchmal vor Lachen kringelte. Maarten lachte dann mit, um Papa eine Freude zu machen. Wie kann man über Wörter lachen, deren Bedeutung sich unterscheidet, Wörter, die sich ähneln und dadurch lächerlich werden?

Maarten kann nicht über Dinge lachen, die sich ändern, wie dieses Bett, das ein anderes ist, seit Papa nicht mehr drin liegt.

»Oma, auf welchem Metall sitzt man warm, wenn's kalt ist?«

»Maarten, mir steht der Kopf nicht danach.«

»Auf dem elektrischen Stuhl.«

Siehste wohl, die beiden Frauen lachen auch nicht. Jesus lacht nie, es sei denn insgeheim mit den kleinen Kindern, die zu ihm kommen sollen. Und es sind nie seine Worte, die sich wandeln, sondern er selbst verwandelt sich in einen Fisch, in Brot und so weiter. Er ist auch ein Weinstock, was immer das bedeuten mag.

»Wo gehst du hin, Mama?«

»Das geht dich überhaupt nichts an.«

Maarten schlendert zur Treppe und schießt dann lautlos, wie im tiefsten Wasser zwischen Höhlen, in die Küche. Die beiden Frauen werden noch eine Zeitlang beschäftigt sein, Oma mit Nörgeln und Mama, weil sie sich schönmacht.

Äußerst behutsam öffnet er den Vorratsschrank, die Tür quietscht, er hält den Atem an, aber von oben ist nichts zu hören. Er findet den Zucker. Das Problem ist nur: welchen Zucker? Kristallzucker rieselt gut, aber löst sich vielleicht nicht so schnell auf. Braunen Zucker kann man besser auf die abscheulichen Matzen tun. Er entscheidet sich für Puderzukker, geeignet für Erdbeeren, Waffeln und für die Rache. Aus Zeitungspapier faltet er eine Tüte, gießt den Zucker ohne etwas zu verschütten hinein, schließt die Büchse. Auf Zehenspitzen über die schwarzen Fliesen und dann ganz vorsichtig zur Garage. Er glaubt, weit weg im Tomatenbeet Richard schnarchen zu hören. Er geht zum BMW, öffnet die Klappe. Der Tankdeckel läßt sich mühelos aufschrauben. Gleich hinterher die Hände mit Seife schrubben, wegen des Geruchs. Nach vollbrachter Rache geht er kerzengerade, breitbeinig, mit gespreizten Händen neben den beiden Revolvern an den Hüften, zu den Schafen, wie Clint Eastwood, der in keinem Film Kinder hat (genau wie Jesus), wohl aber – und das hat Maarten in dem langsam laufenden, immer wieder angehaltenen Videofilm nachgezählt – sieben- oder achtundvierzig Tote zurückläßt in *Für eine Handvoll Dollar.*

Etwa hundert Meter vor der Hügelkuppe, von der aus sie die Stadt hätte überblicken können, die Türme der St.-Servatius-Kirche, die Schornsteine der Olympia-Fabrik, streikt der BMW. Sibylle dreht wütend am Zündschlüssel, tritt aufs Gaspedal, fünf Minuten lang.

(»Du kannst doch ganz einfach lernen, wie ein Auto funktioniert. Du brauchst dir nur die Betriebsanleitung anzugucken«, sagt Gerard.)

Sie findet im Handschuhfach einen halben Riegel Schokolade. Zartbitter. Maarten mag keine Milch. Sie könnte nach Hause laufen. Eine Dreiviertelstunde. Natürlich kommt kein Auto vorbei. Samstag. Kein Benzin mehr? Das Lämpchen brennt nicht.

Die Schatten über dem Land werden tiefblau, wie gefärbt. Weit hinten am Horizont ist Gerards Linde zu sehen, deren Krone einem riesigen Sonnenschirm ähnelt. Zwei Bäuerinnen gehen vorüber, grüßen nicht, denken, daß sie auf einen Liebhaber wartet, es zur Abwechslung im Auto treibt. Sie wird *Cybele* später sehen, die Priester, die sich selbst entmannen, wie Frauen herumlaufen.

Selber schuld.

(Gerard sagte: »Ein Kind kann das lernen. In ein paar Stunden kann ein Kind lernen, wie ein Auto funktioniert.«

»Ich bin kein Kind.«

»Das ist keine Antwort.« Er wurde wütend, knallrot. So mochte sie ihn am liebsten. Hilflos vor Ärger.

Wenn er die Grenze seiner Kälte und seiner Beherrschung überschritt. Im Gegensatz zu den öden Tagen auf dem Land, den eintönigen Jahreszeiten, den trägen Tieren, wo nur das heranwachsende Kind einen Gegenrhythmus bildete, waren seine seltenen Ausbrüche die Augenblicke, in denen sie spürte, daß sie lebte.

Was sie wollte, und was sie im Überfluß bekommen hat, waren Brüche, Scherben, die Offenbarung eines andersartigen, gebrochenen Lichts, dessen Quelle man nicht sah, wie in der bewußten Nacht der Widerschein der Nachttischlampe in der großen Spiegeltür des Kleiderschrankes, die aufgegangen war.

Sie waren beide auf dem Ball des Bürgermeisters gewesen.

Sie hatte, gegen seinen Willen, ihren nachtblauen seidenen Smoking angezogen.

Die Damen hatten stocksauer und bewundernd ausgerufen, wie elegant, wie schick, wie jung sie aussähe. Gerard hatte dem beigepflichtet, und, inzwischen besänftigt, nach Bekannten Ausschau gehalten, die ihm etwas über die möglichen Folgen in der linksliberalen Koalition der neuen Stadtverwaltung sagen könnten. Später trank er, sehr ungewöhnlich, übermäßig viel Champagner. Die Koalition war offenbar günstig. Er plauderte aufgeregt, machte den Damen gewagte Komplimente. Auch so sah sie ihn am liebsten, weil er sich nicht wie sonst verhielt, als würde er alles, die unfaßbarsten, austauschbarsten, flüchtigsten und dennoch kostbarsten Dinge begreifen und beherrschen.

Im Porsche sang er lauthals mit dem Autoradio mit, und als er ausstieg, war er betrunkener, als sie ihn je gesehen hatte. Sie mußte ihn die Treppe zum Schlafzimmer hinaufbugsieren. Im Zimmer sagte sie: »Knie, knie nieder vor deiner Herrin!« und er tat es mit einem einfältigen, unmündigen Gelächter und grapschte nach ihrem Knöchel. Sie ging zur Seite. »Leg dich aufs Bett«, befahl sie tonlos. »Schließ die Augen, Sklave!«

Begriff er da schon, was in ihr wie eine Offenbarung aufgewallt war, als eine irreale, jedoch zwingende Lösung für ihr Zusammenleben, welches das ganze Jahr über von öden, langweiligen Rhythmen geprägt war? Und wenn er es begriff, warum wehrte er sich nicht und hielt den Mund? Sie löschte das Deckenlicht und knipste die Nachttischlampe an. Sie kramte hastig in der untersten Schublade des Kleiderschranks und zog Strümpfe, Strapsgürtel, Hüfthalter heraus, und mit klopfendem Herzen dachte sie: Wie gut, daß er schlank ist, daß ich ihn mit meinem Zeug maskieren kann. Sie warf alles, was sie sonst noch aus dem Schrank kramte, neben sein Gesicht, auf dem sich ein liebliches Grinsen zeigte, das sie tagsüber, ja überhaupt während ihrer ganzen Ehe, noch nie bei ihm gesehen hat, eine Maske, an der sich nur die Kiefermuskeln bewegten, als er ihre

Finger auf seinem Hemd, seinen Schuhen und schließlich auf seinem nackten Leib spürte. »Augen zu«, flüsterte sie, was unnötig war, denn er gehorchte schon. Sie zog ihn an den Schultern hoch, setzte ihn hin, um die Häkchen des Büstenhalters zu schließen.

»Still«, sagte sie, obwohl er keinen Laut von sich gab. Weil sie annahm, daß seine Gehorsamkeit Grenzen kannte, band sie ihm, ungeduldig nun, einen indischen Seidenschal vor die Augen und beendete dann, eifrig, fast ausgelassen, ihre Hausarbeit mit der blonden Perücke, die sie vor sieben Jahren getragen hatte, den goldenen Ohrclips, der Lage *Ruby-red* auf seinen zitternden Lippen, genauso sorgfältig aufgetragen wie bei ihr selbst, dem Make-up, das das Muttermal auf seiner Schulter verdeckte, dem schwarzen Spitzenhöschen, das sie lautlos auflachen ließ, dem Netzwerk des Hüfthalters, der absurd eng war und in sein Becken schnitt, wodurch seine Hüften hervorquollen, den zu kleinen goldenen Sandalen, in die sie seine gekrümmten Zehen preßte und deren Riemchen sie ganz fest anzog, so daß er knurrte, und zum Schluß, eher beiläufig, drapierte sie eine durchsichtige violette Tunika, die ihm bis zum Nabel reichte.

Dann zerrte sie ihn als Bräutigam aus dem Bett, ihre Hände waren genauso feucht wie seine, durch die brüske Bewegung zerriß der Ärmel der Tunika, und führte ihn vor den Spiegel, so daß er in seinem wunderlichen Aufzug ganz zu sehen war, während sie sich hinter ihm verbarg, einem wehrlosen Wesen mit verbundenen Augen, zu dem er ohne ihren Eingriff, ihre Schöpfung nie geworden wäre. »Du bist schön«, sagte sie. Sie war todmüde, als ob sie eine dreiviertel Stunde lang die Hügel rauf und runter gelaufen wäre. »Sehr schön«, sagte sie. Draußen waren die grasenden Schafe zu hören. Auch eine Taube auf dem Dach. Dann nahm sie ihm die schweißnasse Augenbinde ab. Ihr fiel ein, daß sie ihm auch die Augen hätte schminken müssen. Sie ordnete hinter seinem Rücken die blonden, verfilzten Haarsträhnen.

»Nein«, sagte er leise. »Nein, Sibylle«.

»Doch«, sagte sie. »Warum nicht?«

Er stieß einen röchelnden Laut aus, als ob er sich übergeben müßte.)

Dichter Nebel breitete sich schnell über das Tal aus, herangeweht aus den Wäldern. Sibylle friert. Damals hat sie ihn verloren in dem matten, altgoldenen Licht, das im Spiegel reflektierte. Sie hat ihn nie besessen. Warum hat sie ihn je geheiratet? Weil er gut Tennis spielte, gut tanzte? Weil ihn Lieve und Anstrid anziehend fanden? Wegen der schwungvollen Kraft, mit der er seine Fabriken regierte, derselben Kraft, mit der er sie in jener Nacht schlug, bis er sich die Tennishand verrenkt hatte?

Tags darauf waren sie nach Hasselt gefahren, weil sie beim Notar eine Vollmacht unterschreiben mußte, eine seiner unergründlichen Transaktionen. Sie hatten den ganzen Morgen über kein Wort gewechselt. Er starrte vor sich hin, überholte herausfordernd schlingernde Lastwagen, die Fingerknöchel in den halben Handschuhen papierweiß.

Sein Groll und seine Beklemmung griffen auf sie über wie die Fangarme eines qualligen und zugleich haarigen Tiers. Sie wollte aus dem Auto springen, unter die Lastwagen, die mit einem Brandungsgeräusch vorbeirauschten.

»Ich bitte dich«, sagte sie. »Kannst du es nicht einfach vergessen? Es war eine Bagatelle, ein Spielchen.« Sie verleugnete ihre triumphierende Arbeit.

»Ich rede nicht mehr mit dir.«

»Aber was habe ich den verbrochen? Ich wollte dich doch nicht kränken!«

»Doch. Du wolltest dich über mich lustig machen. Wie du es tagein, tagaus tust. Ich habe nicht die Absicht, mir das Leben noch länger mit jemandem zu vergällen, der mich so verachtet.«

Jetzt verachtete sie ihn.

»Der Schlag soll dich treffen«, sagte sie.

»Du hörst von meinem Anwalt«, sagte er, als Hasselt in Sicht kam.

Lehrer Goossens streckt die Hand in die Höhe wie ein Verkehrspolizist, die andere spreizt er vor seinem Gesicht. Die männlichen Mitglieder der *Concordia* halten inne, ungleichmäßig und unmelodisch, mitten im Reigen.

»Meine Herren«, sagte Lehrer Goossens, »die Konfrontation mit der totalen Geistlosigkeit bereitet mir unerträgliche Kopfschmerzen. Zehn Minuten Pause.«

Der *Concordia* verschlägt es die Sprache. Ihr Leiter ist anders als sonst. Er ist launisch. Seine Assistentin, Frau Veremans, wurde schon angeblafft, die Pianistin bekam ebenfalls einen Anschnauzer.

Lehrer Goossens geht durch das Seitenschiff, das als Bar eingerichtet ist, zur Theke, die auf eingelassenen Marmorsarkophagen von Prälaten des siebzehnten Jahrhunderts steht. Er nippt an seinem Pale Ale und liest: Betet für die Seele des Ehrwürdigen Herrn Baeckelant.

»Kind, jetzt brauche ich einen Rollmops«, sagt er zu Frau Veremans.

»Mit Zwiebeln, Meister?«

»Mit ungeheuer viel Zwiebeln.« Er sieht, daß sie am Portal mit drei Damen konferiert (›Künstler sind unberechenbar.‹ ›Sie sind anders als wir.‹ ›Eigentlich sind sie wie schwangere Frauen.‹ ›Spurten Sie sich, Frau Veremans.‹)

Er schlingt den Rollmops in zwei Bissen runter. Die Göttin ist nicht gekommen, wird nicht mehr kommen, also darf ihr verstoßener Priester Zwiebeln essen. Aber sie hatte doch: »Warum nicht?« gesagt und ihren hellen, bedeutungsvollen Blick direkt auf ihn gerichtet. Sie meinte also das Gegenteil. »Warum sollte ich?« Wieder einmal ist er einer Etikette, die er nicht kennt, auf den Leim gegangen. So wie man, wenn eine von ihrer Sorte in einem bestimmten Ton sagt: »Du muß wirklich mal vorbeikommen«, sich auf keinen Fall sehen lassen sollte. Über diese Materie müßte es Schnellkurse in der Grundschule geben. Sie sagte auch: »Wie sonderbar …« und wollte etwas von sich selbst loswerden, was genauso sonderbar war.

Warum ist sie nicht gekommen, warum ist sie nicht da? Die Probe geht weiter. Wie hölzern, wie unrhythmisch, wie unmelodisch flattern seine Verse durch die Kreuzgewölbe! Er kann bis zum Umfallen skandieren, Versfüße betonen, den Takt schlagen, dies wird der Flop seines Lebens.

Der Gouverneur wird nach zehn Minuten aufstehen. Dem Autor in seiner gutmütigen, plebejischen Art zuwinken und die Platte putzen.

Die Göttin sagt: «Goossens, hast du mich deshalb durch Wind und Wetter gejagt, damit ich mir dieses saumäßige Gewimmer anhöre? Und blas deinen Stinkatem gefälligst jemand anderem ins Gesicht.»

»Nein, nein, und noch mal nein«, schreit Lehrer Goossens. Er rafft sein Skript, sein Regiebuch, sein Notizheft, sein Lexikon der Antike und seine authentische Tabakspfeife aus dem neunzehnten Jahrhundert zusammen.

»Wir tun doch unser Bestes«, sagt Koeck, der Klempner.

Lehrer Goossens brüllt: »Wenn das euer Bestes ist, vergessen wir am besten das ganze Deklamatorium, und mir kann das ganze Kulturwochenende gestohlen bleiben.«

Er stapft durch den kirchenähnlichen Raum und winkt ihnen zu: »Adios!« Es hallt wider. Er fängt das Murmeln der *Concordia* auf. Aufrührerisch? Betrübt? Respektvoll? (»Was für ein Temperament!« »Er erinnert mich an Karajan, so egozentrisch.«)

Draußen überlegt er, ob er Sibylle Ghyselen anrufen soll. Aber er hat Maarten auf dem Schulhof erzählen hören, daß sie daheim einen Anrufbeantworter haben. Seine Stimme, die, ob er will oder nicht, untertänig, sogar flehend klingen wird, könnte auf dem Band einmal als Beweis verwendet werden. »Das wäre nicht empfehlenswert, Willy«, sagt er und steigt auf sein Moped.

In der Ferne glitzern die Lichter von Zavelgem. Er könnte kurz in den *Gouden Haan* hineinschauen. Karten klopfen oder eine Partie Dart spielen. Das würde lehrreich sein. Schließlich muß man dem Volk aufs Maul schauen. Shakespeare hat das bestimmt getan. Aber nicht heute abend. Dies ist der Abend der Göttin, auch wenn sie nicht erschienen ist. Er wird ihrer bei der Aufzeichnung der Etappe Gap-Briançon gedenken.

Dann sieht er ihr Auto, eine verlassene zierliche Silhouette, die linke Wagentür weit offen. Liegt sie verletzt, ermordet in einem Graben? Wie wird er sie dann auf seinem Moped ins Krankenhaus in der Stadt bringen können? Der Schlüssel steckt nicht in der Zündung. Im Handschuhfach liegen Zigaretten, Tampax, ein halber verschrumpelter Apfel, zusammengeklebte Bonbons. Wurde sie von Gastarbeitern aus dem Auto gezerrt? Er wagt nicht mehr, sich zu bewegen. Aber stehenbleiben kann er hier auch nicht. Jeden Augenblick können Blitzlichter aufleuchten, kann irgendwo eine Reportermeute von *Het laatste Nieuws* hervorspringen. »Schulrektor bei der Leiche einer vergewaltigten Frau.« Sterbensbang geht er um den BMW herum. Er findet neben einem Rad zerknülltes Papier, das nach Schokolade riecht. Kalter Schweiß rinnt ihm über das Gesicht. Er rennt zu seinem Moped, tritt wie verrückt aufs Pedal.

Das Haus und die Nebengebäude der Ghyselens tauchen im weißen Nebel auf. Über der Haustür scheint milchiges Licht. Das Moped knirscht. Im ersten Stock niest jemand. Schnaufen und dumpfes Trampeln im Garten. Die unglaublich schrille Klingel.

»Herr Goossens«, sagt sie, nicht verwundert. Sie trägt ein arabisches Gewand, das nasse Haar zurückgekämmt.

»Ich dachte, ich dachte«, sagt er hastig. »Daß Ihnen etwas passiert ist. Ich habe Ihr Auto stehen sehen.«

Sie macht die Tür weiter auf, bittet ihn in die Halle, die er sich majestätischer vorgestellt hatte. Die Tapete mit den Lilien gefällt ihm nicht. Sie spricht leise und ruhig. »Mein Auto hat mich im Stich gelassen. Und Sie haben sich Sorgen um mich gemacht? Wie reizend.« Durch eine geöffnete Tür ist ein großes Zimmer mit breiten Ledersesseln und Orientteppichen auf einem schwarzen Steinboden zu sehen, ein eingeschalteter Fernsehapparat ohne Ton.

»Haben Sie auf mich gewartet?« flüstert sie.

»Natürlich. Wir haben alle auf Sie gewartet, ich ganz besonders.«

Wie könnte er ihr Gesicht in seinem Opus für das Kulturwochenende des nächsten Jahres beschreiben, das kein Deklamatorium sein wird, sondern wahrscheinlich eine moderne Moralität? Wie nach einem unermeßlichen Kummer, wenn keine Tränen mehr übrig sind.

»Ich kann Sie nicht hereinbitten, denn Maarten hat in letzter Zeit einen sehr leichten Schlaf.«

»O, ich gehe gleich wieder. Ich wollte mich nur vergewissern, ob ...«

»Wie war die Probe?«

»Ach«, sagt Lehrer Goossens, »Ach, Gnädigste.«

»Warten Sie.« Sie läßt ihn stehen. Auf dem Bildschirm erscheinen riesengroße Sonnenblumen.

Sie kommt mit einer Riesentaschenlampe zurück. Sie geht entschlossen, daran gewöhnt, daß man wie der Schoßhund eines Schulrektors hinter ihr her trottet, zu einem Nebengebäude, dessen untere Hälfte hinter Strohbergen versteckt ist; die sichtbaren Fächer zwischen den Sparren sind nicht mit Lehm, wie es sich gehört, sondern mit weißem Zement getüncht. Folkloristischer Kitsch. Er wird ihr die letzte Nummer der »Nachrichten für Heimatforschung« schicken. Anonym. Sie richtet die Lampe auf eine miserabel restaurierte Eichentür, und dann geht das Licht in einer umgebauten Scheune an, in der Chesterfield-Sessel stehen, ein antiker Schreibtisch, ein Billardtisch mit Heizungsinstallation, ein riesiger Garderobenständer aus Geweihen.

»Setzen Sie sich«, sagt sie.

Er läßt sich mit einem quietschenden Geräusch in einen der Chesterfields fallen.

»Erzählen Sie«, sagt sie.

»Es gibt so viel zu erzählen«, beginnt er müde, da fällt ihm ein, daß er immer noch in der Atmosphäre der Concordia-Probe steckt. Munter ruft er:

»Spielen Sie Billard?«

»Mein Mann.«

»Abends nach der Arbeit?«

»Dreimal in der Woche mit seinem Trainer.« Sie schiebt ein Paneel der holzgetäfelten Wand zur Seite, hinter dem sich ein Metallgestell mit einer Hi-Fi-Anlage befindet. Auch ein Regal mit Flaschen. Ein kleiner Kühlschrank. Etwa hundert CD's.

»Wie praktisch«, sagt Lehrer Goossens. Sie fragt,

was er trinken möchte. Übermütig sagt er: »Das gleiche wie Sie.«

»Dann Whisky«, sagt sie. Sie drückt auf einen Knopf. Hätte er sich denken können. Satie. Hintergrundmusik von Werbespots für Hundekuchen oder Mineralwasser. Das Klirren der Eiswürfel.

»Zum Wohl.«

»Shalom«, sagt Lehrer Goossens. Präraffaelitisch sieht sie aus, würde sie aussehen mit Blumenkränzen im Haar, in Brokat drapiert.

Sie lauschen Satie, Tonfolgen wie Eiszapfen.

»Ich meine Ciccolini zu erkennen«, sagt er. »Ich persönlich finde, daß er ziemlich nachlässig spielt, jedenfalls im Vergleich zu Reinbert de Leeuw.«

»Hören Sie doch auf, Mann.«

Sie setzt sich auf den Rand des Schreibtisches und läßt die Eiswürfel in ihrem viereckigen schweren Kristallglas klirren.

Lehrer Goossens betupft sich die Stirn mit einem Taschentuch, zum Glück einem sauberen. Liebe Liliane.

»Ich habe nachgedacht, Madame. Über die Situation. Unser Maarten befindet sich zweifellos in einer Identitätskrise. Das pervers-polymorphe Stadium, in dem die Empfänglichkeit maximal . . .«

»Ich bitte Sie. Nicht über Maarten.«

Er muß pinkeln. Er vermißt seine Pfeife.

»Die Probe entsprach nicht Ihren Erwartungen, wenn ich es richtig verstanden habe«, sagt sie.

»Ein Deklamatorium stellt große Anforderungen. Es hat kaum eine thematische Struktur, und für ein lyrisches Drama wie das meine, dem der normale Bezugsrahmen fehlt ...«

Ein Plumps. Ihre Sandale, die auf den Teppich fällt. Ihre Zehennägel sind perlmuttfarben lackiert.

»Ist es Zufall, daß Cybele wie Sibylle klingt?« Wie sie ihren eigenen Namen ausspricht, vertraut und prüfend zugleich.

»Sibylle hat auch zwei i's wie Willy.«

»Willy?«

»Mein Vorname. Ein Zufall, fragen Sie? Die Welt scheint auf Zufällen und auf Notwendigkeit zu beruhen. Wenn man die Dinge freilich genauer betrachtet ...«

»So wie Sie es tun?«

Sie lacht ihn aus. Er erhebt die Stimme. Der Whisky wirkt. »Wir sind keine dem Zufall ausgelieferten Tiere.«

»Aber doch«, sagt sie heiser.

Er erhebt seine Stimme zu einem erstickten Aufschrei. »Wenn es so ist, wenn Sie das wirklich meinen ...« Er rutscht vom Sofa mit demselben quietschenden Geräusch wie eben und kniet nieder, sinkt weiter nach vorn gegen ihr Bein, das er mit Küssen bedeckt. Sie breitet die Arme aus, hebt die Schöße ihres weißen, seidenen *Djellabah* hoch und legt sie ihm über Kopf und Schultern.

»Willst du mich nicht sehen?«

Sie erschreckt von der Qual in der Stimme unter ihr.

»Doch«, sagt sie. »Natürlich. Aber nicht jetzt.«

Seine rauhe Wange reibt über ihre Schenkel, wandert höher.

»Du darfst jetzt an niemand anderen denken«, sagt die tiefe, gequälte Stimme.

»Nicht mehr sprechen«, sagt sie mit geschlossenen Augen.

Es war soweit. Früher, in den Jahren seiner ziemlich unschuldigen, übersichtlichen Herrschaft über das Gute und das Böse in seinem Städtchen, hätte der Kommissar jetzt, ohne jede Scheu vor dem Festgenommenen, denn der war soweit, zu Lippens gesagt: »Siehste, Lippens, wie man sie mürbe macht. Geduld. Du mußt angeln gehen, die beste Übung.«

Das Gesicht des Mannes vor ihm hatte einen kobaltblauen Glanz bekommen, die durchscheinenden Ohren waren sogar hellviolett.

»Einen Schluck. Das ist doch nicht zuviel verlangt. Nur einen.«

»Ein andermal, Freundchen.«

»Im *Krieksken* am Markt, wenn Ostern und Weihnachten zusammenfallen«, sagt Lippens.

»Ich werde nie mehr ins *Krieksken* am Markt kommen.« Der Mann schlug nach unsichtbaren Mücken (die aus einem Berg duftenden, dampfenden Strohs aufschwirrten).

»Gibt es in deiner Familie Fälle von Fallsucht?« fragte Lippens.

Der Mann antwortete jedoch nicht.

»Als Anwalt ist Simoens aus der Hoogstraße nicht so übel«, sagte der Kommissar. »Der macht bestimmt einen Sonderpreis für dich. Soll ich ihn anrufen?«

»Es lohnt sich nicht.«

Der Kommissar blickte zum erstenmal nach langer Zeit auf seine Uhr, zupfte an seinen Manschetten, bis sie gleich breit waren. »Ich wette um eine schöne Flasche, daß du lebenslänglich bekommst.«

»Den Tod«, sagte Lippens. »Keine Frage.«

»Ich habe das Recht zu leugnen«, sagte der Mann gereizt.

Der Kommissar blickte auf seine Notizen. »Weißt du, was mich wurmt? Nicht, daß du leugnest, sondern daß du etwas ganz Bestimmtes verschweigst, und zwar diese ungeklärte Zeitspanne. Du bist nach *Het Roosje*, dem *Rustica, Margriet* gleich nach Hause gegangen? Da ist doch eine Lücke. Du bist *nicht* schnurstracks nach Hause gegangen. Vielleicht bist du im Suff in einem Kornfeld eingeschlafen, das wäre möglich, aber das sagst du nicht. Klar, es ist dein Recht, das zu seiner Zeit, nach dem Gemauschel mit deinem Verteidiger, zu erzählen, aber du kennst mich doch ein bißchen, ich will's jetzt wissen.«

Die Zunge war zwischen seinen langen, starken Zähnen zu sehen. Sie war auch violett.

»Es wäre auch denkbar, daß du, nachdem du zuletzt bei *Margriet* warst (darauf muß ich sie übrigens noch ansprechen, denn es wird genug Gäste geben, die bezeugen, daß sie dir, so sternhagelblau wie du warst, noch vier, fünf, sechs Helle eingeschenkt hat), daß du einfach wieder zurückgegangen bist. Ins Dorf. Und dann mußt du an der Villa der Ghyselens vorbeigekommen sein.«

»Ich wollte mich noch aufhängen«, sagte der

Mann. »An dem großen Baum von Herrn Gerard. Aber ich hatte kein Seil.«

»Du hättest deinen Gürtel nehmen können.«

»Daran habe ich nicht gedacht.«

»Das sollen wir dir glauben!« rief Lippens munter. »Warum wolltest du dich aufhängen? Bis dahin hattest du doch noch nichts verbrochen.«

Der Mann brummte etwas, richtete dann, ebenfalls zum erstenmal nach langer Zeit, seine türkisblauen, weit aufgerissenen Augen auf den Kommissar, der dachte: ›Es ist soweit. Das überwältigende Verlangen nach Ergebung siegt.‹ Er holte aus seiner Schreibtischschublade einen Flachmann Balegemse Genever, 35 Prozent, schraubte den Verschluß auf und reichte ihn dem Mann. Der nahm drei große Schlucke, rieb sich über den Bauch, behielt das Fläschchen auf dem Schoß.

»Wenn Ihr Kollege geht, werde ich reden«, sagte er.

»Wenn's nur das ist«, sagte Lippens. »Wenn du mich brauchst, Kommissar, ich bin gegenüber.« Er tippte dem Mann noch ermutigend auf den Kopf. »Und tu dein Bestes.«

Der Kommissar drückte auf die REC-Taste an dem Tonbandgerät, das in seinen Schreibtisch eingebaut war. Heute abend würde er die Kassette seiner Frau im Bett vorspielen. Sie würde gebannt zuhören (»Das ist die einzige Freude, die mir noch bleibt. Das Gefühl, Dirk, daß ich ein bißchen an deinem Leben teilhabe.«)

(Eine erstaunlich ruhige Stimme.) »Ja, ja, Sie haben

recht. Ich bin den gleichen Weg wieder zurückgegangen. Am Acker von Bauer Romein entlang. Wie Sie sagen. Aber nicht ganz. Warum? Es gibt so viele Warums. Gott erlegt dem Menschen auf, was der Mensch ertragen kann. Aber dieses eine Warum? Ich werde darauf zurückkommen. Ich bin wieder zurückgegangen, und so wie Sie sagen: an der Villa vorbei. Aber eine Villa ist es nicht. Sie nennen es ihren Bauernhof. Auch wenn man es für Millionen aufmöbelt, es ist und bleibt ein Bauernhof. Glauben sie. – Warum? Weil ich Julia daheim nicht aufwecken wollte, keinen Zank wollte. Nicht, daß sie zänkisch wäre, meine Julia, aber sie trinkt zuviel, und auch das ist meine Schuld. Sie macht es lieber so wie ich, sagt sie. Sonst wäre sie so allein. Da ist was dran. Und sie friert auch immer. Richard, es zieht. Richard, du hast die Haustür nicht zugemacht, sollen die Nachbarn alles hören? Was gibts denn zu hören, Närrin? Also, ich dachte, daß ich mich besser gleich in die Scheune lege und am nächsten Morgen beim ersten Sonnenstrahl frisch an die Arbeit gehen kann. Beim ersten Sonnenstrahl.«

(Geräusch eines Düsenjägers, Stimmen von Polizisten im Flur.)

»Und ich sehe Licht im Zimmer von Herrn Gerard. Ich dachte, daß der Kleine da herumgeistert, das ist verrückt, denn der braucht doch seine Nachtruhe. Vor allem, wo doch niemand das Zimmer von Herrn Gerard betreten darf. Alle zwei Tage wischt

Irene Staub und putzt den Boden. Weil man nie weiß, ob Herr Gerard nicht unverhofft zurückkommt. Ich war mir sicher, daß es der Kleine war, denn er ist so sonderbar in den letzten Wochen, für den gibts nur noch Jesus und Christus.«

(Geräusch einer Tür. Ein junger Wachmann sagt: »Pardon«. Die hohe Mädchenstimme ruft: »Kannst du verdammt noch mal nicht anklopfen?« – »Pardon, Herr Kommissar.«)

»Warum? Wegen des Jungen. Sonst wäre ich gleich in die Scheune gegangen. Aber da war das Licht. Sonst wär ich nicht hingegangen, ins Verderben.«

(Husten.)

»Ich habe mich an den Bäumen festgehalten. Von Baum zu Baum. An den Schafen vorbei. Die Vorhänge waren einen Spalt offen. Daher das Licht. Sie hätten das Licht besser ausgemacht, der Mond schien hell genug. Sie hörten mich nicht. Keine Sekunde. Ich glaube, ich weiß, wer der Kerl war, aber ich kann's nicht beschwören, ich ziehe keinen Schuldigen oder Unschuldigen ins Verderben. Sie waren beschäftigt, was soll man darüber sagen? Es ist immer das gleiche. Für jemand, der es durch einen Vorhangspalt sieht, ist es immer das gleiche, für den, der es tut, ist es das nicht, das nehme ich wenigstens an. Man kann sich oft denken und auch so tun, als ob es das erste Mal wäre. Ich habe weiter zugeschaut. Sie war rot wie eine Tomate. Ich wollte weg und auch wieder nicht, vor allem weil ich . . .«

(Die Mädchenstimme, tiefer als soeben: »Vor allem was?«)

»Weil ich ganz erregt davon wurde. Was mir lange nicht mehr passiert ist. Diesem Spiel habe ich längst Adieu gesagt. Adieu und merci, nicht für mich, danke, lieber nicht. Und daß ich mich schämte. Denn ich mag sie, Madame Sibylle. Ich hätte nie eine Hand nach ihr ausgestreckt, aber in dem Augenblick schon. In dem Augenblick, es klingt häßlich, Herr Kommissar, wäre ich sogar auf ein Schaf gesprungen. Ich habe mich geschämt, ja, geschämt, aber ich hätte gleichzeitig vor Wut die Scheibe einschlagen und mit einem Vorschlaghammer im Zimmer ein Unglück anrichten können. Gott schickt, was wir ertragen können, aber das ging über die Grenze des Erträglichen. Ich habe die beiden dann machen lassen. Im Heu noch einen Strick gesucht, aber ich war zu besoffen. Noch versucht, aufs Fahrrad zu steigen.«

(Geräusch von zwei Autos mit Lautsprechern, die Wahlkampagne.)

»Nach Hause gegangen.«

(»Über die Landstraße?«)

»Das kann ich nicht beschwören. Heimgekommen, das ist alles.«

(Ein Düsenjäger. Ein Radio, Adamo.)

»Sie war unzufrieden, und ich muß sagen, daß ich. Daß ich . . .«

(Der Mann schluchzt.)

». . . daß ich nicht aufgepaßt habe. Sonst ziehe ich

schon mal die Schuhe aus, versuche, nicht an die Stühle zu knallen, es sind nur drei, aber man muß doch aufpassen. Aber diesmal habe ich dem Ofen einen Tritt gegeben, dem Schrank einen Schlag verpaßt, an die Schlafzimmertür getrommelt. Sie hat kein Wort gesagt, nur Kaffee gemacht.«

(Der Mann schneuzt sich die Nase, räuspert sich.)

»Ich habe immer mein Geld abgegeben. Sie immer respektiert. Auch wenn sie ausfällig wurde gegen mich. Weil sie ein Waisenkind ist und nie was gelernt hat. Immer gern gehabt. Auf meine Art. Nicht so wie andere Männer ihre Frauen. Weil ich kein Mann mehr bin. Mehr war. Außer heute nacht. Sogar daß ich dachte, daß ich mit Julia im Nachthemd. Aber sie jammerte mir den Kopf voll über ein Kostüm, das sie in irgendeinem Laden gesehen hat. Ich sage: ›Mädchen, was wird das kosten?‹ Sie sagt: ›O Richard, wir leben doch nur einmal.‹ Ich sage: ›Aber Mädchen, wozu brauchst du in Gottesnamen ein Kostüm?‹ ›Wenn ich in die Stadt gehe‹, sagt sie. Ich sage: ›Aber Mädchen, wer dreht sich schon nach dir um in der Stadt?‹ ›Das stimmt‹, sagt sie. Und weil das stimmt, bekam ich Kopfschmerzen, und ich suchte meine Tasche, wo meine Tabletten und Aspirin drin sind. Meine Instrumententasche von früher, die ich nie hergeben wollte. Sie sieht mich suchen und sagt: ›Deine Tasche liegt unterm Bett, sie war mir im Weg, ich werde sie dir holen.‹ Und ich sage: ›Nix holen, dich werd ich mir holen.‹ Sie lacht. ›Du mich? Das wird auf die Titelseite der Zeitung kommen!‹ Und ich mit meinem Kopfweh und meiner Wut. Sie meinte es nicht böse, Julia, sie wollte mich nur zum Lachen bringen. Aber mir war nicht zum Lachen zumute. Und dann habe ich ihr einen Schubs gegeben.«

(»Einen Schubs?«)

»Einen Schubs. ›Au‹ sagte sie, ›du tust mir weh.‹ ›Weh, weh, was weißt du schon davon?‹ habe ich gebrüllt. Sie sagte: ›Schätzchen, ich weiß, aber du darfst mich nicht schlagen.‹ Aber es war zu spät. Meine Milch kochte über. Die jahrelange Wut. Keine Wut auf sie, sicher nicht auf mein Schätzchen, dafür lege ich die Hand ins Feuer. Und dann habe ich sie geschlagen, geschlagen, bis ich nicht mehr konnte und von selbst umgefallen bin. Und nun, Herr Kommissar, würde ich gern ein bißchen schlafen, wenn's erlaubt ist.«

(»Aber als du von selbst umgefallen bist, davor, meine ich, lebte sie da noch?«)

»Natürlich lebte sie noch.«

(»Hat sie geblutet?«)

»Natürlich hat sie geblutet.«

Verlagsgemeinschaft Ernst Klett Verlag –
J. G. Cotta'sche Buchhandlung
Die Originalausgabe erschien unter dem Titel
»De zwaardvis« bei De Bezige Bij, Amsterdam

Printed in Germany
Umschlag: Klett-Cotta-Design
Satz: Steffen Hahn FotoSatzEtc., Kornwestheim
Druck: Wilhelm Röck, Weinsberg
Einband: G. Lachenmaier, Reutlingen

Die Deutsche Bibliothek – CIP-Einheitsaufnahme
Claus, Hugo:
Der Schwertfisch: Roman / Hugo Claus.
Aus dem Niederländischen übers. von Rosemarie Still. –
Klett-Cotta, 1992
(Cotta's Bibliothek der Moderne) Einheitssacht.:
De zwaardvis <dt.>
ISBN 3-608-95791-X

Cotta's Bibliothek der Moderne

1 Ernst Jünger: Der Arbeiter
2 G. K. Chesterton: Der Mann, der Donnerstag war
3 Jean Améry: Lefeu oder Der Abbruch
4 Pierre Jean Jouve: Die leere Welt
5 Doris Lessing: Eldorado
6 E. E. Cummings: Der ungeheure Raum
7 Wilhelm Lehmann: Bukolisches Tagebuch aus den Jahren 1927–1932
8 Gottfried Benn: Frühe Lyrik und Dramen
9 Louis-René des Forêts: Der Schwätzer
10 James Agee: Die Morgenwache
11 Georg Britting: Lebenslauf eines dicken Mannes, der Hamlet hieß
12 F. T. Marinetti: Die futuristische Küche
13 Eudora Welty: Ein Wohltätigkeitsbesuch
14 Louise de Vilmorin: Madame de ...
15 Ernst Jünger: Maxima – Minima. Adnoten zum »Arbeiter«
16 Ilja Ehrenburg: Das Leben der Autos
17 Doris Lessing: Die Versuchung des Jack Orkney
18 Erwin Chargaff: Kritik der Zukunft
19 K. A. Porter: Der gesprungene Spiegel
20 Stefan George: Gedichte
21 Jean Améry: Hand an sich legen Diskurs über den Freitod
22 Kenneth Patchen: Erinnerungen eines schüchternen Pornographen
23 Gottfried Benn: Doppelleben
24 Marcel Jouhandeau: Das Leben und Sterben eines Hahns
25 Albert Cohen: Das Buch meiner Mutter
26 Louise de Vilmorin: Belles Amours
27 Karel Čapek: Hordubal
28 Georges Perec: Die Dinge
29 Doris Lessing: Winter im Juli
30 J. R. R. Tolkien: Gute Drachen sind rar
31 Mark Helprin: Ellis Island
32 Eugen Skasa-Weiß: Von hinten besehen
33 Ernst Jünger: Aus der Goldenen Muschel
34 Oskar Panizza: Eine Mondgeschichte
35 Helmut Heißenbüttel: Franz-Ottokar Mürbekapsels Glück und ein Ende
36 Jean Améry: Unmeisterliche Wanderjahre

Cotta's Bibliothek der Moderne

37 Ramón del Valle-Inclán:
Wintersonate

38 C. F. Ramuz:
Die Herrschaft des Bösen

39 Donald Barthelme:
Der Kopfsprung

40 Doris Lessing:
Spiel mit einem Tiger

41 Friedrich Georg Jünger:
Dalmatinische Nacht

42 Felix Salten:
Der Hund von Florenz

43 Gottfried Benn:
Gesammelte Prosa

44 Jean Cocteau:
Kinder der Nacht

45 Elizabeth Bowen:
Die ferne Stadt Kôr

46 Richard Schaukal:
Leben und Meinungen des Herrn Andreas von Balthesser

47 Gottfried Benn/Max Rychner:
Briefwechsel 1930–1956

48 Mario Soldati:
Die grüne Jacke

49 Charles-Louis Philippe:
Bübü von Montparnasse

50 Rudolf Borchardt:
Italienische Städte und Landschaften

51 Alexander Grin:
Das Purpursegel

52 Ernst Jünger: Der Waldgang

53 Gilbert Keith Chesterton:
Das Gold in der Gosse

54 Jean Cocteau:
Brief an die Amerikaner

55 Vilém Hejl:
Die gesammelten Verbrechen des Vladimir Hudec

56 Hjalmar Söderberg:
Martin Bircks Jugend

57 Louis Levy:
Die Menschenzwiebel Kzradock und der frühlingsfrische Methusalem

58 Gottfried Benn:
Fragmente – Destillationen – Aprèslude

59 Stefan George:
Das Jahr der Seele

60 Gustav Sack:
Ein verbummelter Student

61 Gerhard Nebel:
Phäakische Inseln

62 Jean Améry:
Über das Altern

63 Friedrich Georg Jünger:
Rhythmus und Sprache im deutschen Gedicht

64 Walter F. Otto: Epikur

65 Wilhelm Lehmann:
Der stumme Laufjunge

66 Rudolf Borchardt:
Gespräch über Formen und Platons Lysis Deutsch

67 Ernst Jünger:
Das abenteuerliche Herz

68 Egon Erwin Kisch:
Der Fall des Generalstabschefs Redl

69 Joseph Delteil:
An den Ufern des Amur

COTTA'S BIBLIOTHEK DER MODERNE

70 Alexander Grin: Die funkelnde Welt

71 Jules Supervielle: Der Kinderdieb

72 Gottfried Benn: Der Ptolemäer

73 Sacha Guitry: Memoiren eines Falschspielers

74 Robert Graves: Rostbraun, gezähnt

75 Arno Schmidt: Seelandschaft mit Pocahontas

76 Dino Buzzati: Panik in der Scala

77 Erwin Chargaff: Abscheu vor der Weltgeschichte

78 Peter Rosei: Entwurf für eine Welt ohne Menschen

79 Charles-Louis Philippe: Das Bein der Tiennette

80 Arnolt Bronnen: Septembernovelle

81 Nathalie Sarraute: Tropismen

82 Rudolf Borchardt: Der Hausbesuch

83 Peter Rosei: Entwurf zu einer Reise ohne Ziel

84 Gottfried Benn: Trunkene Flut

85 Ernst Jünger: Rivarol

86 Konrad Bayer: Der Kopf des Vitus Bering

87 Keith Waterhouse: Billy der Lügner

88 Thomas Mann: Friedrich und die große Koalition

89 M. Gerschenson und W. Iwanow: Briefwechsel zwischen zwei Zimmerwinkeln

90 John O'Hara: Treffpunkt Samarra

91 Ernst Jünger: Gläserne Bienen

92 Erwin Chargaff: Vorläufiges Ende Ein Dreigespräch

93 Gottfried Benn: Ausdruckswelt Essays und Aphorismen

94 Elmer Diktonius: Janne Kubik

95 Philipp Keller: Gemischte Gefühle

96 Jules Renard: Die Magd Ragotte

97 Eudora Welty: Die Tochter des Optimisten

98 Ernst Jünger: An der Zeitmauer

99 Donald Barthelme: Über Nacht zu vielen fernen Städten

100 Doris Lessing's Katzenbuch